文 學 叢 書 070

嬉戲

紀蔚然◎著

【目次】

〈自序〉
豐收的季節

耕耘將近兩年，編寫了動畫片《火焰山》的腳本，外加三部舞台劇作《好久不見》、《嬉戲之Who-Ga-Sha-Ga》及《影癡謀殺》，還爲《印刻》文學生活雜誌撰寫專欄「嬉戲」，半年前又加入人間「三少四壯」之「五禿」的行列，終於捱到收成的時刻。動畫片上映在即，舞台劇也將陸續搬演，《嬉戲》於今結集成冊。豐收的季節，令人振奮。

在接下「嬉戲」之前，我從未想過要寫幽默雜文。一開始，總編輯初安民邀我負責專欄時，只提到內容不出戲劇這一領域，細節容後再議。數月過後，動工之前，我向安民建議：若只是論戲說劇有點乏味，既是文學生活雜誌，撰文策略上可以生活爲主、戲劇爲輔。當時想到的點子是，除了戲劇經典之外，「鐵獅玉玲瓏」一類無厘頭的電視綜藝秀也可拿來作作文章。安民舉杯贊同，我也舉杯回敬，就在兩個酒杯碰撞之際，《嬉戲》誕生了。有趣的是，此輯十二篇裡無一言及「鐵獅玉玲瓏」，倒是爲了進一步了解那個節目，我曾和許效舜做了一次沒啥交集的對話，勉強與當初的提議碰上一點邊。

《嬉戲》予我極大的自由：它可長可短，不像一般專欄有字數限制。然因篇幅操之在我，我反而更得知所節制，謹遵《蜘蛛人》裡的

一句訓言：權力所至，責任隨之。此外，全書收錄的文章雖一逕是嬉笑戲擬的基調，但寫就的過程卻戰戰兢兢。我編寫舞台劇的一貫作業是：第一稿永遠是拼貼亂寫而成，美其名爲意識流創作。通常，只要腦袋瓜裡有一兩個朦朧的畫面，或三、四個面貌模糊的人物，或五、六句生動的對白，我便可以開工，於矮几上以「隨想隨寫、且戰且走」的方式完成。換言之，初稿就是羞於見人的粗稿，得歷經數次修改後才能拿上檯面。《嬉戲》則不然，行文前，我得先確定題材，再就題材的屬性進行考察的工程，其中包括查閱資料及挖掘記憶。除外，我還得在一張A4白紙上記下大致的流程與結構後，才開始動筆。

本書有「買一送一」的優惠，正文之外還奉送一齣劇本：《嬉戲之Who-Ga-Sha-Ga》。"Who-Ga-Sha-Ga"的靈感源自二、三十年前一首排行榜上的濫歌，歌名好像是*Hooked on a Feeling*。原文毫無意義，但於此意指「胡搞瞎搞」。顧名思義，《嬉戲之Who-Ga-Sha-Ga》是一齣鬧劇，很多對白直接引用或改編自《嬉戲》裡的段落。附錄於正文之後，既是贈與讀者的bonus，亦是我的額外收穫。

我從《嬉戲》得到寫作的樂趣，也希望它帶給各位閱讀的愉悅。於此豐收的季節，要感謝的人太多太多，爲了避免遺漏，容我不一一列名，謹此一併致謝。

輯一　演戲

男人之間

男人之間，大部分是蓋的。

最近看了一齣好戲，為果陀劇團製作、改編自法國原著的*Art*。讓我印象最深刻即是整齣戲只有三個男人，沒有半個女人。其中，有些女人被提及（未婚妻、生母、繼母），她們給人的印象大概僅只能以「麻煩」來形容；另外，三男之一的老婆也被數落一番；易言之，她只是一個男人為了攻擊另一個男人的工具。如此的世界我很熟悉，不管是在生活中或在我編寫及閱讀的劇本裡。

我的劇本最為人詬病的部分在於「女人」寫不活；我也承認，自以為這輩子被我寫活的女人只有《黑夜白賊》裡「媽媽」那個角色。有關那個「媽媽」，大部分的評家、友人、觀眾都頗為滿意，唯一聽到的怨言來自我媽：「死囝仔賊，你怎麼把我寫得那麼三八？」為什麼女人寫不好，我常自問：這是我個人的缺憾，還是一般男性作家共有的盲點？當代尚在世的劇作家裡，我最心儀的三位為英國的哈洛·品特（Harold Pinter）、美國的大衛·馬梅特（David Mamet）與山姆·謝伯德（Sam Shepard）。巧的是，學者專家雖對他們三位的評價不一，但有一點是意見相同的：寫男人一把罩，寫女人捉襟見肘。許是我中毒太深，對這三位的優缺點照單全收，許是我雖略有進化，但

沙豬的餘毒仍頑強地攀附在心靈深處……無論如何，有一點是確定的：我對男人及男人之間互動的模式體驗甚深。

男人之間沒有耳朵。美國劇作家艾爾比之名言「人們講話是為了不想聽話」，用於形容男人最為適切。一般而言，除非是在與他們有立即利害關係的時刻，男人的耳朵大都是處於自動關閉的狀態。千萬不要輕易跟男人談心，否則你的真情吐露通常會被一堆堅硬如花崗岩的耳垢完全堵住。或許，有些女人會反駁道：「可是我的男朋友都很專注地聽我的一言一語啊！」在此偷偷透露一個祕密，你的男朋友只是故做傾聽狀，他真正在想的其實是哪時候可以跟你親熱一下。不信的話，等你們結婚以後就真相大白了。

有一回，朋友開車帶我於郊外兜風，兩人聊著聊著，話鋒隨著幽靜蜿蜒的山徑逐漸轉至較為溫情的一面。我有感而發地說出一段成長期間對我打擊頗大的往事：

我：大三的時候最慘，我老爸經商失敗，不但把家賣掉，還一年搬了三、四次的家。

友：那不算什麼，我家最慘的時候賣過三棟房子，我一學期就搬了五次家。

我：（短愕）……我最捨不得的就是，那一陣子為籌學費，把收藏的三千張唱片全部賤賣。

友：才三千啊？記不記得上次那個什麼颱風淹大水？我五千張唱片全部泡湯。

我：（長愣）……

　　正如我於某劇本所寫的一句台詞：男人之間的談心彷彿丟垃圾。情況大致如下：甲方先講出他的痛苦（亦即丟出個小垃圾）後，乙方不假思索地馬上回敬他較大的垃圾；甲方見狀，也不甘示弱地再丟個更大的垃圾。如此一來一往，垃圾越變越大，直到兩人精疲力盡或被壓死為止。典型的滾雪球效應，嚴重一點的時候甚至是雪崩現象。以下的場景是我常見的畫面：

甲：最近有一點down。

乙：人的心情總是起起落落。

甲：不是，我最近的心情憂鬱到感覺人生乏味。

乙：我前一陣子才憂鬱呢！做什麼都提不起勁，還有自殺的念頭。簡直是down到了谷底。

甲：我已經失眠很久了……

乙：多久？我曾經連續失眠三、四年。

　　奉勸各位有點憂鬱傾向的男士，除非你是被虐狂，不要心想在男人那邊求得慰藉；經驗告訴我那是自討苦吃，彷彿是求救於一位已經瘋顛的心理醫生，保證病情加重。若真得一吐哀怨，千萬要找個女性朋友；她或許無法提供足以舒緩痛苦的金玉良言，至少她會以關愛的、將心比心的眼神對你說：「好可憐噢！」當然，也有適得其反的

情況。大一下的時候，我嚴重失眠，求助於幾位男同學無效之後，將自己的情況傾訴於一位可愛體人的女同學。聽完之後，她不但指點我有助睡眠的正藥與偏方，還幫我分析失眠的潛在因素。可惜，她關心過火了。後來，我睡眠的情況略有改善，卻常常於三更半夜、已呼呼大睡的時候接到她的來電問我：「怎樣？睡得好嗎？」她這麼一來，我全醒了。

男人之間刀光劍影──不管好壞，什麼都要比。「輸人不輸陣，輸陣爛鳥面」，這句台灣俚語一定是男人想出來的，而英文裡的mas-culinity（男子氣概）說穿了就是macho shit（雄性屎）。最擅於傳達「雄性屎」神韻的莫過於馬梅特，可引用他的《湖船》（*Lakeboat*）一段對話以為示範：

史丹：媽的，昨晚喝掛了。

周　：我到現在還掛……我宿醉到兩眼麻花。

史丹：麻花？我宿醉到無法說話。

周　：我媽的到現在還無法思考。

史丹：你昨晚就不會思考了。

周　：我昨晚是喝醉了。

史丹：你到現在還是醉的。

先是比宿醉，然後比清醒，前後之間不超過五秒；橫豎都是非比不可。男人之間為什麼存有無所不在的競爭情結，原因多重。從基因

的角度來看，不外是精蟲灌腦，換句更粗俗的說法是英文俚語常用的「以老二思考」。從社會學的角度，男人既是父權制度的既得利益者亦爲受害者。男人自小就被父母、學校、社會教導要做個「男子漢」，類似「英雄有淚不輕彈」的說詞就是沙豬意識形態底下的產物。如果一個女人要閹割一個男人，她大可不必用到刀子，只要一句「你還算是個男人嗎？」就足以達到去勢的效果，還可免去牢獄之災。還有一個因素，簡單地說，就是習慣使然：受制於鐵律般的語言模式；亦即，男人之間的互動極難跳脫出公式語言的牢房。

　　男人之間髒話連篇，好像沒有「他媽的」就構不成交流。三年前，我陪女兒參加學校舉辦的露營，在那裡巧遇二十幾年未見的高中同學，他的女兒竟然跟我的寶貝是同班同學。久別重逢的初始，兩人還溫文儒雅一番——「近來可好？」「在哪高就？」「其他同學還有沒有聯絡？」「我們都老了。」「頭髮掉光了。」等等——還不到一個鐘頭，高中時交談的模式已於隱然間滲透了我們的瞎聊：

他：媽的，這年頭做父母的不好當。

我：對啊，媽的。

他：以前，媽的我爸媽也沒如此照顧小孩。

我：以前我爸媽根本媽的沒空照顧小孩我靠。

他：靠⋯⋯你喝不喝酒？

我：當然喝。你呢？

他：天天喝。

我：那我們還等什麼？

他：那就二話不說，去買酒。

我：買酒去，媽的。

　　酒過三巡之後，髒話氾濫，原本只是助興的輔助詞最後變成主敘語。髒話好比磁鐵，一句粗話可以引來另一句鄙語，一句鄙語可以招來另一句穢言。男人之間打架頻仍大半是髒話惹的禍。某位著名戲劇學者曾如此斷言：「大衛·馬梅特在劇本裡之所以大量使用髒話，意在暗示劇中男性角色的性無能。」天啊，怎麼可能有如此荒謬的解讀，還虧他是個男人？髒話的多寡與性能力的優劣並無必然的關聯。很有可能一個談吐優雅的男子於做愛時有如洪水猛獸，搞不好還特愛S／M那一套。君不見好萊塢電影裡視人命如塵土的惡魔大半不屑說髒話，還酷愛聽古典音樂？同理，也有可能一個滿嘴穢言的男子做起愛來有如綿羊般溫柔覷腆。然而，說髒話的行為和表現性能力的潛意識有絕對的關係。髒話是語言暴力，而說髒話的舉動即是展現動物性、侵略性的潛在意圖。男人之間的髒話所夾帶的潛在暴力最常見於他們談話的祭品——女人。曾經，我在文藝營初識一位男性作家。兩人混熟了以後，談話間便無意識地「媽的」來「媽的」去，以表熱絡，但後來他的言語連我都有點吃不消了。文藝營第二天，兩人走在前往教室的路上，迎面老遠走來一位女作家：

她：（大聲）你們在幹什麼？

他：（低語）幹你啊，幹什麼？

我：＊＃＊＃？！！！

　　我當下完全愣住，這大概是我見識到對女人最具敵意的表現。根據我對他的側面了解，他絕對不是性無能；他與女人風流苟且的事蹟已如傳奇般地於朋友間廣爲流傳。提到把女人當祭品，不必數落別人，講講我自己。十幾年前我和兩位大學教授──老套的說法是「會叫的野獸」，較新的形容是「只能叫的野獸」──打完一夜的麻將走出賭局，才剛走出巷口就看到對面那家pub還在營業，贏錢的我就提議請他們喝一杯，以彌補荷包的裂縫及平撫內心的傷痕。於是，三隻才剛互相廝殺過後的野獸走進pub，找了一張桌子，各據一方，坐了下來。說也奇怪，男人──不管他是否結婚、婚姻是否美滿──遇到這種場合腦後就會自動伸起一根隱形的掃描天線，以環顧周遭的勢態梭巡獵物。就這樣，三個人的位置與角度恰好足以涵括三百六十度，裡面的美女無可遁形。不久，教授甲故做神祕狀地對我說：「老紀，你不要轉頭，在我兩點半的方向，你的左後方。」聽到「不要轉頭」，我當然馬上轉頭，瞧個究竟，果然瞧見一名年輕貌美的女士正獨坐一桌，很優雅地吸著香菸，還朝我這邊睨了一眼：

教授甲：正吧？

我　　：正。

教授乙：我的。

教授甲：為什麼是你的？是我先看到的，當然是我的。

我　　：錯了，我剛才回頭的時候她還刻意回看我一眼，所以是我的。

教授甲：這麼正點的馬子一個人坐在pub獨飲，實在是浪費。

教授乙：我猜是在等人。

我　　：等誰？

三　人：等我。

　　很丟人，我知道。別忘了，教授只是頭銜，且任何有關身分的頭銜都無法壓過「男人」這個標籤。我唯一的藉口是那時我還停留在口腔期，但話又說回來，我現在就已全然脫離口腔期了嗎？

　　男人之間時而共謀，時而抵拒，但前者的比例大過於後者。所謂的共謀即指兩名以上的男子於語言互動的過程中建構所謂的「共識」，無論是針對某人某事抑或是針對某特定族群（如女人）。於《劇場生涯》一劇中，馬梅特寫了如下的對白：

約翰：「醫生」那一場戲……

羅伯：怎樣？

約翰：……可能有一點瑣碎……

羅伯：真的？

……

約翰：脆弱。（意指不夠紮實）

……

羅伯：你是指我們兩個，還是只有我？

約翰：當然不是，我剛才說了，你演得很好。（頓）是她走調了。

羅伯：你也感覺到了，嗯？

約翰：怎麼可能不感覺到？

羅伯：沒錯。你感覺到了，嗯？

約翰：沒錯。

羅伯：尤其是今天晚上。

約翰：可能今天晚上尤其是。

羅伯：對，特別是今天晚上。

……

約翰：對我來說，你能跟她演對手戲已經很難為了，但是你還能演得這麼精彩……實在令人佩服。

羅伯：謝謝。

約翰：哪裡。

　　劇中，約翰是劇場新秀，充滿活力與憧憬，而羅伯雖為老將，已漸露疲態，演技生銹。於上述的這一段對白裡，約翰原本有意對羅伯提出些微的針砭，但眼看羅伯如此在意，只能見風轉舵，非但將批評的箭靶移向與羅伯演對手戲的女演員，甚且反貶為褒，把羅伯捧上雲霄。在如此「英雄惜英雄」的儀式裡，可憐的女演員遭了池魚之殃，淪為祭品。男人之間的共謀儀式，馬梅特曾言，只有止痛（lethargic）

而毫無洗滌（cathartic）的功效。因為約翰與羅伯並未達到真正「交流」的境界，羅伯在說「謝謝」之餘心中八成對約翰的誠懇仍存有疑慮，而約翰在說「哪裡」之餘心中應會餘悸猶存，心想「好險，差點大嘴巴，冒犯了前輩。」劇場如是，人生亦如此；不只是在劇場裡，人生舞台上的「演員」也通常是照本宣科的。「每個人，」社會學者高夫曼（Erving Goffman）曾言：「都生活在社交的場域裡，他不時於面對面或經由中介的情境裡與別人互動。於這些互動中，他通常會演練一段所謂的『台詞』，亦即藉一種語言或非語言的模式來對事物表達意見，並同時品評雙方，尤其是他自己。」換句話說，我們不必上舞台就已經是演員了，我們平日所說的話語與劇場中的台詞是沒多大區別的。男人之間的言談大半是死守著既定的「文本」來進行的。然而，一旦甲方「脫稿演出」，即有冒犯乙方的可能及破壞友誼的危險。《劇場生涯》發展至中段時，約翰與羅伯之間稱兄道弟的階段已逐漸過期，有一次在化妝室裡羅伯喃喃不斷，搞得約翰不勝其擾，一時衝動地脫稿演出：

約翰：請你閉嘴好不好？

　　　（頓）

羅伯：我吵到你了嗎？

約翰：吵到了。

　　　（頓）

羅伯：吵到你的程度嚴重到你有資格破壞禮儀嗎？

約翰：什麼破壞？什麼禮儀？

　　我們在約翰的態度言詞中看到相對於共謀的抵拒。他當然深知男人互動該有的規範；他不是不上道，他是故意不上道。共謀如果只能止痛，它無法達成真正的交流；沒有真正的交流，蜜月期一過，抵拒自然尾隨而至。這時候有三種情形會發生：第一，兩人因摩擦而靜心探討產生齟齬的前因後果，因而將友誼推展至更真誠與更深層的境界（如此佳境絕少發生）；第二，兩人從此朋友變路人，老死不相往來（這種情況屢見不鮮）；第三，兩人經過一段冷戰時期後，再度「上道」，重回遵守禮儀規範的原點（這種情形最常發生）。走筆至此，突然察覺，以上的三種可能性亦常見男女關係上，至於是否適用於女人之間，我不敢斷言。

　　身為男人而數落男人，我無意賣「雄」求榮，更無意取悅不爽男人的女性。我其實是希望於嬉戲之餘透露深切的企盼。男人之間並非沒有真情。記得大四下學期某晚，因媽媽不在家，爸爸帶我去附近的麵攤吃晚飯。坐在路邊矮凳吃麵，平日嚴肅的爸爸突然變得較為親切。原來，他有話對我說：

爸：我知道你畢業後想出國。

我：嗯。

爸：你也知道爸爸這幾年生意不好，我覺得很對不……

　　聽到此，我一陣心酸，眼角滲出淚水，看到夜燈下爸爸的眼角也偷偷泛著微光。略為哽咽的爸爸不再說下去，轉身叫了一瓶台啤，要了兩個杯子，先幫自己倒一杯，再幫我倒一杯，然後舉起杯子，輕聲說著「喝吧」。拿起爸爸第一次幫我倒的一杯酒，我甚為激動地把啤酒與急速湧上喉際的哽咽一併喝下。

　　我還可以舉一個最近的例子。去年我因妻女不在台灣，於木柵獨守空閨。有很長的一段時間沒人說話、飲食不定、日夜顛倒，以至於心情與身體狀況跌到谷底。心想再如此下去撐不過一年，我於是打電話求助於兩位好友。剛開始，兩個大男人還在電話的彼端說俏皮話（「多打幾場麻將就好了。」或「你是陰陽不調合，通一通就好了。」），不意沒過幾天，兩人特別請假三天，開來一部旅行車，硬生生地把我從家裡押上車後，隨即往南開上高速公路。我問他們要帶我去哪裡，其中一位回道：「帶你去找陽光！」一路上，我們走走停停，賞山戲水洗溫泉，一到晚上便找旅店投宿，打三人麻將，賭注特大，但所有輸贏都記在牆上。回程途中，我在後座看著夕陽，再看他們的背影，心中彷彿升起晨曦，一陣舒暖。

　　男人之間，不是蓋的。

荒謬高三

曾經親眼目睹：我從小看到大的鄰居小孩，於上國中的第一天，便正式與童年說再見。

一般人談到目前的教育制度，很少不義憤填膺的；我也是。我痛恨那些該認錯而不道歉的教育人士，也看不慣那些於外大罵教育部、於內逼迫自己小孩補東補西的家長。雖然我體諒家長長期游移於抵拒或妥協之間，但家長的觀念及做法不改，制度再健全也無啥路用，獲利的仍是補習班，倒楣的還是小孩。等孩子們一一長大後，社會大眾又以「這一代如何」、「現在的年輕人怎樣」云云來消遣他們。好像這一切都是時代的錯、制度的問題，跟我們做家長的無關。

我可以繼續批評下去，但「義憤填膺」與「嬉戲」不怎麼對味，因此咱們先聊點五四三的。

每逢六、七月從新聞得知數萬名學生不是考高中就是考大學，我不禁回想當初自己是怎麼熬過來混過去的，藉著什麼方式紓解壓力及釋放壓抑。

苦悶啊，高三的日子。

但是，為什麼苦悶？是荷爾蒙作怪，還是制度使然，抑或兩者交叉影響？

　　我已經忘了那時如何於渾渾噩噩的狀態下準備聯考，又如何恍恍惚惚地帶著准考證趕赴刑，喔不是，考場；只記得成績分發下來，數學只做兩題，共得八分，算是百發百中，但看到總分時一顆心咯噔一落，差兩分考上逢甲大學文組的「吊車尾系」，只好跑到補習街念「高四」，準備一年後再度出征。

　　不管再如何苦悶，年輕人總會找到發洩情緒的管道。那時，沒有任天堂、Play Station或Game Boy，我們不能偷打電動遊戲；沒有電腦及網咖，無法遨遊於網際網路的虛擬世界；沒有五花八門的漫畫叢書，更沒有《花花公子》。但是我們有「小本」。

　　「小本」即為黃色書刊的別名。當時，班上有位同學迷戀小本的程度已到達手不釋卷的地步，甚至老師在講台上課時，他都能時而抬頭假裝在大本教科書上抄抄寫寫，時而低頭偷瞄置於大腿上的小本。一天，老師察覺他神色有異，喊他姓名並要他站起來回話時，這位同學竟一時站不起來。在老師最後通牒下，他終於慢慢站起，但因怕被同學看到褲襠如帳篷般鼓起，因此弓著身子，一副駝背的模樣。事後，全班理所當然為他取了「帳篷」的綽號，而「帳篷」也不負眾望，極願推己及人，希望大夥跟著一齊「露營」，以致成了小本供應中心。有的跟他租，有的向他買，我與他私交不淺，所以直接借。

　　老實說，我上大學之前除了言情小說之外，從沒讀過一部文學作品，更不知文學為何物。正因為如此無知，在成功嶺時狠狠地被一位同連的學員糗了一頓。那一次，我看到他坐在窗口專注地研讀一本書。我不經意地問道：「你在讀什麼？」他竟然回答：「尼采的東

西，你看不懂的。」我只能悻悻然走開，心想「有關黏土上色的東西誰想懂……」印象裡，我讀過一些課外讀物，其中勉強和文學沾上邊的只有大姊買的《飄》、二姊愛的《籃球情人夢》，以及三姊珍藏、但我才翻到十幾頁便丟棄一旁的《簡愛》。（至於當時蔚為風潮、所有文藝青年必讀的《野鴿子的黃昏》我則到了大二才買來瞧瞧，沒讀幾頁便覺得軟趴趴的語言及無病呻吟的調調令人倒胃，看不到四分之一就送給同學；而那部人手一本的《未央歌》讀了更讓我反胃，差點吐血。此為題外，暫且不表。）不過，當時言情小說的特色及缺點是「色而不黃」，總是欲揭又掩、點到為止、要脫不脫、要做不做的，像極了好萊塢愛情電影於重要關頭時以fade out收尾，讓人恨得牙癢癢的。

因此，各位可以想像我第一次偷看小本時興奮的心情（高三才有緣親炙黃色書刊算是啟蒙晚矣）：心跳加速、兩手冒汗，既驚且喜又恐的程度，於人類文明史上大概只有亞當竊食禁果那一刻堪足比擬。最令我覺得神奇的是，小本讓我領略了中文之美。國文課本裡的古文古詩古詞對我而言盡是一些語焉不詳、詰屈聱牙的文句，為了應付考試我只好囫圇吞棗，胡亂背誦。但小本不同。諸如「酥胸」、「雙峰」、「乳溝」等鮮明的語詞，以及讓人身歷其境的「嗯啊哼哈」突出的意象，確實大開我的視界，容我肆意馳騁於情欲橫流的天地裡。

從此，我迷上了文字，愛上了語言。

當時（一九七○年代）坊間沒有零售的A片，即使經由管道從國外走私回台，家裡沒有放映機也是白搭，不比現在唾手可得，在夜市

就可買到。沒有A片，還好有「小電影」。每天放學回家，我和同學們都得趕搭公路局，從位在蘆洲的徐匯中學一直晃到台北車站附近。有時，我們會中途在三重鬧區下車，因為有人接獲住在當地同學的密報：今天有插片！彼時正處戒嚴時期，電影院不管如何賄賂管區警員，無論多麼大膽，也不敢全程放映A片，只能於正片裡安插片段：運氣好時兩到三次，合計十多分鐘；運氣不好時只有一次，寥寥三、四分鐘。插片的時間不定，一切端賴條子的作息。回想起來，甚是感動：幾個高三生犧牲念書的時間，枯坐電影院一百多分鐘，單單只為了幾格稍縱即逝的色情畫面，那種恆心與毅力，以及堅定不移的信念和共識——「只要看到裸體就值回票價」，再再令人折服，與國家意欲灌注於年輕人不屈不撓、能屈能伸的精神不謀而合。想起當初日本用蘋果詐騙年輕人從軍去侵略中國，國民黨其實也可試試，告訴我們這幾個精蟲灌腦的高中生，海峽的彼岸堆有滿山滿谷的A片，我們必定二話不說自願作蛙人。

　　有次不巧在電影院裡被訓導主任逮個正著。他把我們一一揪出戲院，在騎樓下一字排定，展開一番比A片還長很多倍的訓話。當時的畫面很有趣：幾個同學不約而同將斜背的書包從側股往前挪遮住褲襠，一心只望快快「收帳」，完全不知主任在嘰哩呱啦個什麼勁。突然，主任認出了我，甚為詫異：

主任：紀蔚然，你怎麼也在這兒？

我　：嗯……哦……矣……

主任：你不是常常生病？你知道這學期你請假的紀錄嗎？

我　：全班排行第二。

主任：那你還敢來看這種東西，不怕傷身嗎？

我　：我最近好多了。

　　後來又被主任堵到好幾次，頻率之高讓我們漸漸起疑：主任究竟是特地為了抓我們才去的，還是自己想看卻被撞見，不得不扮演青年導師的角色？我們的結論一致相同。身為血性男兒，主任想當然爾巴不得天天看插片，若我們能推舉代表和主任約法三章，大家心照不宣，電影院裡見面佯裝不識，便可各取所需。想法不錯，但沒有人願意充當密使，只好繼續在黑暗中跟他玩躲貓貓。

　　我們最津津樂道的一次經驗和放映師的嚴重凸槌有關──到今天我還不敢置信，但它真的發生了。有一次，大概是放映師喝醉了故意搗蛋或誤按開關，在放國歌的時候，影像突然跳成插片，是以音效傳來「夙夜匪懈，主義是從」的歌聲，銀幕卻出現妖精打架的畫面，一直唱到「貫徹始終」時，放映師才知他已犯下大錯。那是我第一次在電影院看到，唱國歌時所有的觀眾全神貫注，沒人吊兒郎當，沒人閉目養神，沒人不耐煩。那也是我第一次看到，國歌才唱完，正片還不及上演之前，戲院的觀眾以為「牛肉」業已呈上，而全都走光了。

　　除了小本和插片，還有白日夢。這是任誰（不管是父母、老師、教官、訓導主任）都無法沒收的權利。我最常作的白日夢之一頗具戰爭史詩電影的恢廓架構。每當書讀到腦充血時，我便暗自冀望：在大

學聯考之前，大有爲的政府宣布要反攻大陸！屆時，大學免考了，書也甭念了，我「被迫」棄文就武、投筆從戎，扛著槍桿踢正步，到總統府和所有的革命軍人一起立下血誓，要以破釜沉舟的決心與萬惡的共匪做個你死我活的了斷！然而，那時便顧及，沒有兒女情長的戰爭片只是壯烈，並不凄美。於是，我在幻想中的劇情添加了一段浪漫的插曲：出征前我會失去在室男的身分。所有細節在我腦海裡重播數遍。場景是茶店仔，人物是我與阿美，戲劇動作是我倆一邊做愛一邊唱著軍歌：

我　　：「我現在要出征！我現在要出征！有伊人要同行！」
阿美：「哎呦！伊人要同行！」
我　　：「你同行可不成，我現在要出征！」
合唱：「嘿啦！嘿啦！嘿啦！」

　　如此這般，我天天企盼飛來號外，天天責怪小有爲的政府光說不練，天天背記著「從廣東坐火車到天津會經過哪幾條鐵路及哪些城市」。日子悶到不行，老感覺戰爭尚未開打，我遲早會自燃內爆。
　　苦悶的年代若沒有廝混攪和的同伴日子就更加難捱了。高三時我有兩個死黨，一個姓薛，另一個姓張。三人功課在伯仲之間，比爛的；都喜愛搖滾樂，尤其是美國民謠；最後，我們都愛演戲。那時學校沒有戲劇社團，也沒有短劇比賽，我們只得另謀出路，上街頭過乾癮。我們會於假日，穿著便服，事先決定場景，溝通幾句後便上場即

興。比如說，上了公車，我們會假裝互不相識，我和薛同學會比鄰站
著，張同學則獨自站於後方，伺機而動：

薛　　：這位先生，請你放尊重一點！

我　　：我怎麼啦？

薛　　：你怎麼啦？！你剛才為什麼偷摸我屁股？

我　　：我哪有？！

薛　　：你假裝伸懶腰，趁機刷我屁股一下，不要以為我不知道。

我　　：我真的沒有啊！

薛　　：還說沒有！

　　　　（張按cue上場）

張　　：兩位先生，請不要吵架。

我和薛：關你屁事！

張　　：是這樣的，所有有關屁股的事都關我的事。依我的觀察，這
　　　　位先生（指薛）你的屁股沒什麼好摸的。

薛　　：你沒事觀察我屁股幹嘛！

我　　：誰說沒什麼好摸的！

薛　　：變態！

我　　：下流！

薛　　：（對著我）我們走！

　　　　（車子剛好到站）

我　　：走！

　　（我和薛急著下車，張在後面追著。）

張　：兩位！兩位！請不要誤會！

　　（三人及時下車）

　　這種戲碼比較無聊，且擾人清靜，但下一齣針對大人的虛偽而編的招牌戲，則有社會諷刺的意味、具道德批判的勇氣。場景：餐館。事前的安排：我和薛同坐一桌，張坐別桌。飽餐後，我和薛走到櫃台付錢：

薛　：老闆，多少？

老闆：一百三。

我　：這個我來。

薛　：什麼你來？說好了我請客的。

我　：我來就是我來，你囉唆什麼？

薛　：老闆，你不要收他錢，你收了我跟你翻臉！

我　：什麼話？老闆，你不收我才跟你翻臉！

薛　：我來嘛！

我　：我來嘛！

薛　：你他媽我來嘛！

我　：我說他媽我來嘛！

　　（兩人手裡都有拿著錢，彷彿氣功過招推來推去，張按cue上場。）

張　：兩位先生。（慢條斯理地抽走我們手裡的錢）既然你們都不想
　　　要錢，那錢給我好了。（臨走前）還有，我那碗麵錢也讓你們
　　　來。謝了。

　　　（張下，我和薛愣在原地。）

兩人：（學八點檔的口吻）先生！先生！

　　　（五秒後）

薛　：老闆，三碗麵總共多少？

我　：還是你來好了。

　　有一種發洩屬於集體治療，未經事前設計，純屬意外。高三下，
班上氣氛漸趨緊張，一股悶味濃得化不開。有一天，大家赫然發現黑
板左上方寫著一個數字。屈指一算，正是距離聯考倒數的日子。有人
開罵，說一定是功課好的同學在那惟恐天下不亂；有人提醒，說不定
是導師寫的，不要胡亂指責。雖然眾說紛紜，偏偏就是沒有人敢上前
將數字擦掉，或許我們潛意識裡以為那數字早已焊烙於心，縱使擦掉
也沒什麼鳥用。日子一天天的過去，數字從三位數掉到兩位數。我總
覺得自習課時，大多數同學都盯著黑板的數字，無心看書。大家的心
情從緊張轉為沉重，一副刑期將近的衰樣。以前調皮搗蛋的行為全都
銷聲匿跡，連「帳篷」都只看大本了，似乎聯考制度已將全班馴化改
造成功。我們班已不再像我們的班。

　　幸好有一天，奇蹟發生了。

　　那時，徐匯中學門口正前方有一條馬路，再過去就是幾畝稻田，

稻田與馬路之間有一小水溝。某日，班上同學從二樓走廊看到有人在水溝小便，興奮地跑進教室嚷嚷：「有人在外面撇條！」班上同學聽了，全部衝出去，擠在走廊上看著某路人公然方便。「看人小便有啥意思？小心長針眼。」有人興味索然地說著。正當大夥兒也覺得無聊，紛紛朝教室散去時，突然有人大喊：「撇條！撇條！」其他人興致一來一起加入，四十幾人齊聲吼著：「撇條！撇條！」搞得那路人還沒辦完事便將那話兒塞進褲襠，狼狽地逃走了。我們這下子可樂著呢！回到教室，大夥有說有笑，有人靈光一閃，走上講臺，在黑板右上方劃下一橫，代表「抓到一個」。全班拍手慶賀。

　　之後，我們天天期待有人在水溝方便，時時派人在走廊把風，一旦被我們的斥侯把到，全班即蜂擁而出，以吃奶的力量齊聲喊著「撇條！撇條！」，隨後便在黑板上以「正」字計數。有一回差點惹出事來。好像是第二十六個撇條的男子，被我們喊得惱羞成怒，隨手抄起地上的木棍，邊走邊罵著「幹你娘的」，三兩步衝進學校，意欲以一抵四十幾，校警攔他不及，讓他給衝到教室樓下和我們對罵。我們自知理虧，卻已陷入集體歇斯底里，仍舊殘酷地叫著「撇條！撇條！」還好，訓導主任適時趕到，先要我們閉嘴，然後代表校方向那人道歉，才化解危機。事後，訓導主任走進我們教室，苦口婆心地對我們說：

我知道你們很苦悶，但是要找樂子發洩，也不該拿路人當箭靶。這個道理你們都懂嘛！不要把你們的快樂建築在別人的痛苦上，也不要把你們的苦悶建築在別人的方便上。（班上有人竊笑，主

任強壓下剛要掀起的嘴角。）那些在水溝公然小便的人當然不對，但是你們需要讓他們當場難堪嗎？需要這麼殘酷嗎？你們這樣來一個笑一個，要是哪一天所有被你們笑過的（回頭看看黑板上五個正字）二十幾個人集合起來，各個帶著傢伙擋在校園，看你們怎麼回家，看你們還敢不敢叫「撇條！撇條！」

講到「撇條」，主任不禁噗嗤笑了出來，全班也跟著笑了。從此，西線無戰事，方便的隨他方便，念書的自顧念書。只是，右邊的數字停留在二十六，左邊的越來越少，直到倒數記「十」。

最後，聯考放榜，班上幾乎全軍覆沒，只有兩人搶灘成功，一個考上中興，另一個考上私立大學。

這就是搞怪搞笑、恣意釋放的結果。

值得嗎？

我不知目前的徐匯如何，只知那時徐匯的教育堪稱少數liberal的高級中學。看小本頂多沒收，看小電影頂多訓訓，少有記過之虞。更沒有體罰。我唯一親見的「體罰」是有一次「帳篷」在樓梯間大唱：「我需要愛ㄞㄞㄞㄞ！」由於回音太大被一位老師聽到。那位較嚴肅的老師要他站好，一邊輕打他後腦勺，一邊問他：「你需要什麼愛？你需要什麼愛？」「帳篷」的犧牲是有代價的，後來「我需要愛ㄞㄞㄞㄞ」變成我們的班歌。

暑假過後，大夥如街鼠般流竄於補習街，中午吃飯時間，好像在開同學會。雖然有說有笑、嬉戲如常，每人臉上總掛著「高四生」的

無奈與徬徨。值得嗎？

答案如塵沙在風中飛揚。

懷舊不單只是耽溺於軟綿綿意幽幽的感傷情緒，但回憶也並不一定非得從中找到道德教訓不可。那段幾近非人的日子值得回憶，且回憶起來也覺得某些人事值得紀念，但填鴨式的愚民教育至今仍令我憎恨。這或許可以解釋為何在我嬉笑的敘述語氣中夾帶怒罵，為何我選擇在回憶的片段強調對性的嚮往與好奇，幾近猥瑣。我們那一群高中生當然不是唯性動物，但從性幻想中取得暫時的釋放也算是對當時高壓政治的反動，即便只是鴕鳥式的。

最令人憂心的是，現在的國中、高中生呢？對他們而言，情況是否已獲改善？他們所擔負的壓力說不定與我們三十幾年前忍受的苦悶不相上下，甚至有過之而無不及。如果真的如此，那解嚴這幾年、教改這幾年，我們這些曾經被折磨過的大人們到底在搞什麼鬼、作什麼孽？這是我們——包括家長與教育單位——的「報復」嗎：被虐者鹹魚翻身變成施虐者？面對現今年輕人反社會的行為，我們不應再以「荷爾蒙作祟」、「青春反叛期」、「日子過得太好」、「父母過於寵愛」等空泛的語言來輕率解釋。這些解釋只做到為制度解圍，為錯誤的觀念解套。

從「嬉戲」又跳回「義憤填膺」，情非得已。面對「扼殺童年」的話題我總是較為激動。

我的回憶是扭曲的，這不光只是回憶本身即有折射記憶光譜的作用，而是我刻意以扭曲的心態回憶那段扭曲的年代。但，最讓我引以

為憂的是，我們是否正不自覺地以扭曲的心靈為下一代植入扭曲的記憶？

從凱西到味醬

我大學念的是輔仁英文系。考進之前一概不知英文系是搞什麼碗糕，當時志願表只填英文系是因為高中時所有的科目只有這科較優，於是乎就莫名其妙地踏入一個充滿英語與文學的世界。

第一天上課，導師（一名外國神父）開場白之後就是一一詢問各個同學的英文名字──事後回想，這是命名的儀式，代表新身分的誕生。讓我詫異的是，大部分的同學都有備而來，已事先為自己取了滿意的名字，只有三、四個跟我一樣的呆子根本不知道還有這道程序。神父一個一個問，終於問到我了：

神父：What is your name?

我　：I……I don't know.

神父：You don't know your name?

我　：I don't have an English name.

神父：That's easy. I'll give you a name.

我　：But……

神父：I'll give you my name. My first name is Joseph. So from now on your English name is Joseph.

我　：……

　　好慘，在我還沒機會回家翻字典之前，冷不及防就被烙上Joseph的印記，頗有一頭犢牛的委屈。當他問到另一位同學時，情況便有趣多了，後來被我改寫於《夜夜夜麻》：

神父：What is your name?
胡　：My name is XX胡（全名我一時忘了）。
神父：What?
胡　：XX胡。
神父：Who?
胡　：Yes，胡。
神父：What?
胡　：No，胡。
神父：Who what? What who?

　　胡同學與神父的對話神似美國早期喜劇演員Abbott和Costello的經典橋段：「誰在一壘？」摘錄片段，以饗讀者：

Abbott　：我知道他們的名字。你聽好：「誰」在一壘，「什麼」在二
　　　　　壘，「我不知道」在三壘。
Costello：你知道他們的名字？

Abbott　：當然！

Costello：好，誰在一壘？

Abbott　：對！

Costello：我是問他的名字！

Abbott　：「誰」！

Costello：在一壘的傢伙？

Abbott　：「誰」！

Costello：在一壘接球的人？

Abbott　：「誰」！

Costello：一壘？

Abbott　：「誰」在一壘！

Costello：你問我我怎麼知道？

　　回到當時的現場：全班大笑，神父以為那位同學故意耍寶，惱羞成怒之餘斥責一番，並強賜予他Stephen的名字。事後這位當過兵比我們都較成熟的同學喊冤說，他不是有意搞笑，只是不懂念個英文鳥系為何一定要取個英文鳥名。識大體的班代勸他：「我們的老師大部分是美國神父或修女，取英文名字是為了體諒他們。」他不以為然：「我的名字叫XX胡，我不要英文名字，誰來體諒我？」事後，全班為了體諒他，都避免叫他Stephen，不約而同地叫他Mr. Who，他也欣然接受，認為Mr. Who 和《007》第一集的Dr. No一樣，既神祕又有威嚴。反諷的是，他畢業後移民美國，在一家銀行任職，名片上印的是

Stephen Hu。

　　我不喜歡Joseph這個名字，它和John一樣平凡，而且那位神父也叫做Joseph，讓我感覺好像是他的私生子。到了下學期初，我認識了另一位較上道的神父，我們不必稱他為Father什麼的，只管以小名喊他Bernie。有一次，我在他宿舍聽他彈吉他唱歌，我音感不錯，沒多久就跟著哼了起來。唱到一半，他突然停下來對我說：「這首歌描述一個叫做Casey的男子，他踽踽獨行於城市的街道，看不到愛也拒絕愛。真是說盡了生活在大都會的孤寂和疏離。」不完全聽懂的我讚嘆道：「好美喔！正是我人生的寫照！」那天回家途中，我在唱片行找到了那首歌，收錄於John Denver的專輯。當晚在家，我持續聆聽那首名叫〈Casey's Last Ride〉的民謠（詞曲為Kris Kristofferson之作，即飾演《刀鋒戰士》裡輔佐男主角的那位老人家），來回至少二十次，直到半夜。第二天醒來，第一個閃進腦際的念頭是：「我知道了！我的英文名字叫Casey！」當下真是興奮非凡，彷彿悟得真理，找到真神似的。

　　順便提及，Bernie很受學生歡迎，不只教英文，還在我們班上開了一門性教育的課程。他灌輸我們的第一個觀念就是，自慰是正常的：眼睛不會變瞎，身體不會搞壞，更沒有羞恥問題。可惜這堂充滿驚異的課程上到一半就被校方停掉，因為有人向校方密告老師教法駭俗，內容猥褻。結果，Bernie被校方及教會調查。一切的證據都對他不利——沒人來問我們修課學生的意見——Bernie於是一不做二不休，和另一位修女相約私奔到夏威夷，在那結婚生子，並在一家人壽

保險公司找到事做。整個事件在我們學生之間傳為美談，大夥都認為「Bernie幹得好！走一個還帶一個真是屌歪了！」我也為他高興，只是覺得「拉保險」大大破壞了浪漫的想像。

經過一番正名，全系師生漸漸改口叫我Casey，不再是軟趴趴的約瑟夫。說也奇怪，Casey附身後，我整個人變了樣，漸漸了解自己的好惡，找到自己的格調，對課業、待人處事、甚至把馬子等等，更具信心。真如I. A. Richard所言，自古至今，原始人和現代人對「命名」都會迷信，對稱謂與姓名充滿著期待與無以名之的恐懼，彷彿名字與人的本質有不可分割的關聯。

於是，我以Casey之名在輔大橫行六年半（外加研究所三年），期間名號歷經數次變化，類似英文所謂的「轉訛」（corruption）。不知從何時開始，幾個要好的同學不再叫我Casey，紛紛改呼我為「凱西」。爾後因父親的生意做得有聲有色，我零花不缺，他們索性叫我「凱子」，有的乾脆叫我「Banker」，已離Casey甚遠。大三下，父親生意垮了，我有時得靠同學資助度日，我的綽號才從「Banker」掉落到「Bankrupt」。但是，不管他們怎麼改、如何叫，我內心深信我的英文名字永遠是那充滿魔幻色彩的Casey，珍之惜之的熱度令我憶及已故美國民謠歌手Jim Croce所寫之名作：〈我有名字〉（*I've Got a Name*）。

一九八〇年，我帶著媽媽標會得來的銀兩，遠赴美國伊利諾州南部的一所大學（Southern Illinois University, Carbondale）修習戲劇碩士，專攻劇本創作。那是一段悲慘的日子，諸事不順，其「衰」之

程度只能以「地上無狗屎，頂上沾鳥糞」來形容。第一天在校園走遛，我就遇上一位卡車司機從駕駛座上對我大吼：「嘿！你操他媽的外國人，為什麼不回去你操他媽的祖國！」這種未開化的美國人只會帶給我一時的不快，並不會對我的存活造成危機。追根究柢，我的適應失調源自期望與現實的極度落差。一個人若打算在異鄉住上一段時日，去國之前最好不要有過多的二手資訊，如此才會把一切千奇百怪之事視為理所當然。我在輔仁英文系所待了七年，自以為接觸過美國人，也自以為了解美國文化，心想到了美國雖不至立即如魚得水，也至少能從容自在，直到身歷其境後才發現完全不是那麼一回事。於是，文化震盪於毫無預警之下向我襲來。

雖心理狀況不佳，我仍硬著頭皮修了三門課：一門為劇本創作，另一門為西洋戲劇史，第三門忘了。結果，我每一堂課只去了一次便從此不再出現。整個學期，我躲在宿舍裡勤讀《時代》周刊與《花花公子》，偶爾做做Bernie認為健康的活動。指導老師雖找人傳話要我回頭是岸、既往不咎，我仍無力走出寢室踏進教室。我知道我能躲一個學期，但不能躲一輩子，且這裡已經搞砸了，轉校是唯一的退路。於是，在某個淒涼寂靜的夜晚，我乘坐灰狗巴士離開這令我無所是從感到羞鄙的傷心地，風塵僕僕地來到了堪薩斯大學（University of Kansas, Lawrence）的戲劇系。我與指導老師第一次見面的談話有點驚險：

老師：歡迎來到KU。

我　：謝謝

老師：首先我要提醒你，上學期在南伊大所修的學分都可移轉過來，
　　　如果每科都及格的話，哈哈。

我　：喔，不必了。

老師：爲什麼不？

我　：我想重新開始。

老師：有什麼問題嗎？

我　：（滲汗）當……當然沒有，我修的三科都是B加以上，只是我
　　　相信新環境新開始，過去的學分如過眼雲煙，不足掛齒。

老師：（狐疑的眼光）好吧，如果你堅持，嗯，Mr.……

我　：叫我Casey。

老師：Casey？

我　：嗯。C－A－S－E－Y。

老師：你不是有本名嗎？爲什麼要取英文名字？

我　：Casey原來是愛爾蘭的名字。

老師：你有愛爾蘭血統？

我　：哈哈，當然沒有。

老師：好吧，我就叫你Casey吧。

　　　回宿舍後暗自慶幸，內心大喊「好險」，沒讓指導老師查出我在那
鳥不生蛋的地方拿了三個F。但，隔天醒來，卻情緒陡降，苦思良久
才發覺是老師那句「爲什麼要取英文名字」讓我煩心。是的，爲什麼

要取英文名字？是權宜之計，還是對洋人的認同？如果兩者皆非，那到底理由安在？如果是為了給洋人方便好唸，那下一個問題自然是：為何如此體貼為他人設想？

於是，我找機會觀察，發現了一些有趣的現象。以在美國的日本餐廳的菜單為例，清酒的英文叫「sake」、壽司叫「sushi」、生魚片叫「sashimi」、鍋貼叫「gyoza」（唸起來像「餃子」）。反觀中國餐廳的menu，就是因為「譯意」而非「譯音」才搞得菜名不三不四：水餃為「Chinese dumpling」、春捲為「spring roll」、糖醋排骨為「sweet and sour pork」（我沒在菜單看到「螞蟻上樹」這道名菜，否則它恐怕會被翻成「Ants Climbing the Tree」）。兩相比較之下，日本人毫不客氣，硬是要美國人學說日語，而中國人則過於體貼，凡事為人著想，反而失去自己飲食文化的特色：當時中國餐廳的口味大都偏甜太酸，即為此等心態所致。英譯的美術名詞也是一樣。日本的水墨畫，很多美國人都知道是「sumi-e」，而中國的水墨畫偏偏被譯成既無特色亦不精確的「Chinese brushwork painting」或「Chinese ink painting」。曾經有一個台灣留學生穿著傳統中國服飾上學，美國老師很感興趣，想知道如何稱呼，她一時答不上來，老師問說是不是「kimono」（和服），她也隨便點頭稱是，回家問了爸媽才知道它叫「短襖」，再問他們英文如何稱呼，兩人不懂得直接譯音為「tuan-ao」，在那「short-short-」了半天也「short」不出個所以然來。

諸如此類的例子使我漸漸覺得Casey可以退休了。一九八四年，我再度到美國攻讀博士時，我就是「紀蔚然」。因為那時的中文音譯採

韋氏（Wade-Giles）系統，「Wei-jan Chi」著實帶給美國人不少困擾，也浪費我不少唇舌。首先，「Chi」就被很多美國人唸成「氣」，把我說成了「氣先生」，我必須指正他們說：「是gee，就像gee-whiz的gee」，有嘴講到無唾，眞累死人。至於「Wei-jan」就更麻煩了：「Wei」很好唸，但加上「jan」便難搞了。不管我重複幾次，美國人總是把我叫成「味醬」，彷彿我是調味料。雖然屢次被叫成「味醬氣」，我仍然堅持不用英文名字。博士念了六年，「味醬氣」也跟著我六年，一直到一九九一年返國教書後，Casey才從敗部復活。

也許，我把名字看得過度重要。第一次看到外祖父的姓名「何阿獸」，我不禁失笑，叫道：「外公的名字好呆喔！」帕的一聲！媽媽馬上就賞我後腦一掌，並說：「你外公一點都不呆，他能文能武，不但是地方角頭，還在廟口玩票唱弟子戲。日本人控制鴉片，你外公去領配給時還會發揮演技，裝出很痛苦的樣子，結果還比別人多拿了一點。」

「紀蔚然」這個名字不管是看起來或聽起來一點都不呆，但它是否就掌握到我的「本質」則令人懷疑。有人以爲它很陰性，常常誤判我爲「紀小姐」。有人以爲這個名字很飄逸，簡直就是金庸筆下的江湖豪傑。但是，認識我這個矮冬瓜的人都知道我無論如何都和「飄逸」扯不上關係。大學期間，有個就讀銘傳的女生無意中看到我的名字後充滿遐思，決定遠走新莊一趟，看看我的廬山眞面目。她才步入校園便經友人指點：那個迎面走來的就是她日思夜夢的「紀蔚然」。結果不用我說，各位想必是猜到了，她失望至極，當下坐同一班公路局回家去

也。以上的故事是班上女同學告訴我的，是真是假我不得而知，唯一確定的是，我的名字充滿反諷。不信的話，我可以繼續分析下去。「蔚然」一詞，字典解為「草木茂盛也」，這不是在諷刺我童山濯濯是什麼？有一次，我用電腦打「蔚然」的英文縮寫「wj」，因忘了把鍵盤從注音切換到英文輸入法，結果螢幕上跳出來的中文字竟然就是一個「禿」字。我曾經在課堂上以自己的名字解釋「何謂反諷」，聽完之後一位學生笑著說：「老師，這不是反諷，應該是謊言。」

　　或許，如果我們能夠抵拒語言魔力的召喚，名字只是名字。Paul Auster筆下《玻璃城市》（*City of Glass*，為《紐約三部曲》之首部）裡的主角正是一個不要名字的人。我們只知道他名叫Quinn。每年，他只花五、六個月寫作維生，剩下的時日則無所事事，大半在紐約街頭閒逛漫遊。他最喜歡的情境是：一個迷失於自我之內的人迷失在一座有如迷宮的城市裡。Quinn不要身分，不要自我，他以William Wilson（霍桑筆下一個離家出走二十年的人物）為筆名，撰寫一系列的偵探小說，主角名為Max Work，渾身是膽，活力四溢。對Quinn而言，虛構的Wilson與Work比他本人還要真實，更具血肉。某天夜裡，Quinn接到一通電話，對方硬是把他喚為名探Paul Auster（即作者的名字），Quinn竟不否認，還將計就計，冒充他人，真正做起偵探的工作，直到故事結尾，他才懷疑起這一切可能都是自己杜撰出的幻覺。

　　Quinn負責跟監的對象為一位名叫Stillman的神學學者。Stillman曾把兒子關在不見天日的屋子裡，長達九年之久；這期間沒人與他說

話，也不准他發聲，若有違背即招來一陣毒打。父親如此虐待獨子是冀望他能於「真空狀態」下得獲神賜，聆聽天籟，說出「原初的語言」，即亞當於失樂園之前所講的語言，或人們在建造巴別塔（Babel）時共同使用的語言：

> 亞當於伊甸園的任務就是發明語言。於原真的狀態下，從他舌頭吐出的字眼直指世界的本象。他的語言不只是附加於事物上的符號，而是揭露它們的本質……一個物件和它的名字因等同而可以互換。

Quinn與Stillman代表兩個極端：前者認為名號與本尊無所相關，後者堅信（理想的）語言足以切入事物的核心。兩者的論調我都無法苟同，比較傾向建構論的觀點：名字或語言有意義是人們使它有意義。

Quinn當然比Stillman可愛許多，也較值得我們同情。Stillman對純粹語言的嚮往與希特勒對血統純粹的堅持如出一轍。我們或可將他們的行徑名之為「瘋狂」，但如此的歸類極易使人除卻警戒，以為他們的案例為異數中之異數而掉以輕心，導致陷入同一謬誤的深淵而不自知。國民黨執政期間所施行的語言政策不就是鮮明的例子？它獨尊「國語」、貶抑「方言」，以致全國上下都將「國語」的正統地位自然化而忽略了一項事實：所謂的「國語」只是政治上的意外。正如《語言的死亡》作者David Crystal所說，如此政策導致：

本土的語言，在本土民族自己的心中，漸漸成為落後的象徵，或是提升社會地位的障礙……不過，他們的負面態度，絕對不是憑空而來的。沒人會一生下來就覺得自己的語言丟臉，對自己的語言沒信心。那他們這樣的心理，是從哪來的呢？幾乎無一例外，都是從支配文化那裡來的；也就是支配文化的人慣常在他們身上貼上愚笨、懶惰、野蠻等等污衊的標籤，他們說的語言，則是愚昧、落後、畸形、殘缺……的產物。

事過境遷，物換星移，「國語」在今天的台灣仍享有正統的地位，而台語的行情雖漸看漲，仍被某些人視為鄙俗。客家話的情況更慘，而原住民的母語更不用說了。最令人覺得遺憾的是，目前政客所揭櫫的本土文化運動其實是當年國民黨所作所為的翻版：排他與仇視。用最簡單的字眼來說明我的立場就是：我們不應該要求某人必須說什麼語言，正如我們不能要求某人只可說一種語言一樣。

走筆至此，話題愈趨嚴肅，且好像有點離題。其實不然。我於一九八○年代對「味醬」的堅持及對「凱西」的排斥亦有矯枉過正之嫌，誤將語言與本質、主體、認同及意識形態的座標畫上等號。Crystal於解釋「語言是否為本土文化必要的一部分」時，指出兩種立場，值得大塊引錄：

第一種立場，認為語言和文化有很大一部分是相等的。持這看法

的人⋯⋯認為語言是民族和歷史的代表，因此以此點為重。在他們的看法裡，既然文化有那麼大的部分是透過語言才能表達出來，那麼，不會講族群語言的人，就不算是族群的一分子。而這結果，當然就是不會講族群語言的人，或是從來不講的人，就被排除在文化之外了，甚至連其他領域，就算這些人自認為是一分子，也一樣會被排除在外。這種立場，一般以會講本土語言的人支持為多。這立場是以語言為民族身分的必要條件⋯⋯（持第二種立場的人強調）文化是有很多面向的，文化的內涵千千萬萬，許多都和語言沒有直接的關係，而是屬於衣著、髮型、飲食、舞蹈、工藝、視覺藝術等領域的。因此，許多人自然也會用這些東西來當他們的「民族標籤」，至於他們是否有語言這項條件，則不重要。他們認為語言只是可以用的標籤之一而已⋯⋯絕不是文化流傳的唯一憑藉。

過去的我偏向第一種立場，而掉落語言決定論的陷阱；現今的我持第二種立場，相信：唯有以寬宏的視野與包容的心態來推動，本土文化才會真正落實，才不致重蹈覆轍，衍生無窮的病徵。

一九九一年我回國任教，常與輔大同學敘舊。他們仍以「凱西」喚我，我不但不以為意，反覺溫馨。「凱西」代表我生命中很重要的部分，但它並非全部：我是紀蔚然，也是「味醬」，更是媽媽台語聲中的「Wee-lian」。

我不再相信，名叫「阿獸」必然很呆，名叫「詩雅」便又詩又

雅。歷史上稱得上「偉人」的男男女女，有哪一位本名就叫做「偉人」
的？

麻將悟人

　　自從我興起撰寫一系列麻將雜文的念頭，我的手氣就開始一路背到底，十打七輸。面臨如此的窘境我有兩個選擇，一則從此打消那個念頭，一則硬著頭皮書寫出來，看看能否恢復以前的「勝況」。我選擇後者。誠如我於別處說過的，寫作有時是爲了記憶，有時是爲了遺忘。事先申明，我想嘗試的不是類似張箏寫的《麻將高手》，會提升你的勝算；我的口氣也不會像他如此狂傲：「坊間似乎遲遲沒有出現夠水準的『麻將投資』專書，以供廣大的麻將族參考，誠然是件令人遺憾的事……於是我認爲：是該站出來承擔責任……以解救芸芸眾生。信？不信？由不得你！」我心目中設計的系列與麻將技術無關，與人、人生、世界息息相關，有些私密觀察與自省，其中的體會信或不信，完全由你。

　　麻將在我血液裡。

　　我從小就學會打麻將，至於是幾年級倒記不得了。襁褓時期，保姆常常背著我去偷打牌。據說，她每次要打張炮牌時，只要有我在背後發出「噗嘟噗嘟」的聲響，她就改弦易轍，最後不是胡牌就是自摸。有一陣子，父親經商不順，我家六個小孩的學費是靠母親在家打牌打出來的。那時家裡幾乎天天有牌局，我們小孩的任務就是倒茶

水，奉上茶水後趁機站在後面觀戰，直到媽媽斥責道：「小孩子不要看牌！」就這樣有一搭沒一搭地邊看邊學邊挨罵，六個兄弟姐妹相繼學會粗淺的麻將。我最記得，我們六個小鬼於深夜偷打麻將，在一張骨董四方矮桌上鋪張毛毯，以免洗牌的聲音吵醒爸媽。大家輪流切磋，作夢的兩家以手電筒負責照明。我們事前早已演練數回，只要爸媽房間一有動靜，六人各司其職，可以在十秒內收牌、搬桌、躲入被窩，然後假裝呼呼大睡。只有一次被爸爸抓到。那是因為爸爸進房來為每個人蓋好被子，輪到才小學四年級的妹妹時，她忍俊不住噗嗤一笑，其他五人也跟著噗嗤起來，進而大笑。爸爸也笑了，說：「我就知道。」

當時，我們在家打麻將的規矩和國民黨的高壓政權亦步亦趨：平時禁打，只有過年開桌。除了偷打以外，過年是爸爸特准打牌的日子，原本是除夕到初四，爾後延到初七，之後更延到初十五。那時候的過年，我只能用「幸福」來形容，除了吃飯睡覺之外就是打牌。爸爸興致一來也會陪我們打幾圈，媽媽總是不屑跟我們打，得閒的時候偶爾會站在後面觀戰，一邊批評我們牌技太爛，一邊教我們打牌的技巧與倫理。長大以後，各自成家或出國，二姐在澳洲，三姐在韓國，小妹在加州，加上父親去世後，家裡過年時已聽不到麻將的聲音，少了嘉年華的氣息。每逢佳節倍思麻將，大概就是這意思。

我生性好賭，偏偏和一個一輩子不賭的人結為連理，真是一樁奇異的婚姻。我好玩，任何跟賭博有關的我都熱衷，原本會的早已精通，不會的一學即通；太太則不管任何遊戲都沒興趣，體內的血液未

沾一絲賭博的DNA。她心目中的fun，大都跟室外有關，不出遊山玩水看風景；我所謂的fun則大部分都在室內，依序是打牌、電動玩具、喝酒、做愛，依序的基準是以時間長短為據的。我們結婚前曾經有過簡短的婚前協商。她的條件只有一個，要我「永遠愛她」。如此抽象的要求很難達成，但很容易答應，我只遲疑了千分之一秒就說no problem。我比較龜毛，條件有三。第一，婚後一定要在台灣定居，這點她說沒問題，只要她能在台灣找到適當的職業；第二，不生小孩。她沉吟了半晌後說：「再議」。原來她所謂的再議就是六年後我們生了一個帶給我陽光的女兒，世界上最美的「再議」。最後一個條件最為難纏：

我：我固定要打麻將。

妻：你如何定義「固定」？

我：有空就打。

妻：你的「有空」是指？

我：幾乎天天。

妻：那你以後教書呢？

我：那是副業。

妻：為什麼一定要打麻將？

我：麻將在我血液裡。

妻：這是我這輩子聽過最可悲愚蠢的藉口。

　　太太雖然專研美術，可是面對賭博，她完全沒有詩意，顯然沒讀過杜斯妥也夫斯基於《賭徒》一書中所提出的高見：詩人即是賭徒，賭徒亦爲詩人。

　　不賭的人永遠搞不懂賭博的樂趣，而我最厭惡圈外人以道德的眼光來評斷賭徒。我也不太喜歡「健康麻將」這種說辭。要健康就不要上牌桌，打到腰痠背痛還培養痔瘡，何來健康之有。我贊成節制，以自己的收入來衡量賭注，但我堅持賭注不可過低，一定得是贏得讓人爽、輸得讓人痛的數字。不痛不爽的賭局才是浪費時間，因爲，賭博貴在刺激，它不只是跟貪婪有關。以下解讀《賭徒》的文字深得我心：「真正的賭博是以一切作爲賭注的，只有這些賭徒……到達了危機的頂點，才能領略到他們之所以要賭博，是因爲他們『愛』賭博，而不想以賭博作手段來改善他們的財務狀況。」任何一個想藉麻將解決經濟危機的賭徒，十個有九個會敗得更慘，唯一成功過的，就是我媽。

　　在所有文人當中，大概沒有人比杜斯妥也夫斯基更了解賭博的真正面目：

　　我認爲想贏錢，而且贏得又快又多的欲望並無可恥之處；那些安祥如意、腦滿腸肥的道德家，每逢人家辯稱「他們不過賭一點點數目」時，就回答說：「那更糟，因爲那是小貪。」我一向認爲這話很蠢。這不過是五十步與百步之差罷了！這是比例的問題。……利潤損益到底是惡抑善，那是另一個問題，我不打算在此解

答。我自己既然整個受贏錢這個念頭主宰，一踏進門後，一切貪
婪的敗行——假如你願意那樣說——在我看來都是理所當然習以
爲常的了，人們彼此之間不復拘拘謹謹，而是坦坦白白、隨意行
動，這眞是快事！

坦蕩蕩地圍城厮殺是麻將的特色，其間除了遵循該有的麻壇倫理
——其實就是運動精神——以外，一切不應有不必要的虛假，胡牌不
必說「歹勢」，拿錢不用說「貪財」。美國劇作家田納西・威廉斯
（Tennessee Williams）於《慾望街車》（*A Streetcar Named Desire*）
裡的一場戲，對賭博的「殘酷」有傳神的描寫，爲方便說明，以原文
摘錄：

Steve　　：Anything wild this deal?

Pablo　　：One-eyed jacks are wild.

Steve　　：Give me two cards.

Pablo　　：You, Mitch?

Mitch　　：I'm out.

Pablo　　：One.

Mitch　　：Anyone want a shot?

Stanley　：Yeah, me.

Pablo　　：Why don't somebody go to the Chinaman's and bring back a load
　　　　　of chop suet.

Stanley：When I'm losing you want to eat!

　　於此，威廉斯大量採用單音節、沒有營養的文字，彰顯了賭博（美式梭哈）的粗暴與狗咬狗式的六親不認。理論上，賭桌上不應有人情味，否則賭博變成負擔，不再刺激，不再有趣；但理論歸理論，麻將沒有人情味就索然無味了。

　　若說麻將誤人，它誤的盡是一些把家當、事業、婚姻，甚至連人生都賭掉的人。兩個字形容這些人最為貼切：活該。他們需要的不是發毒誓或斬手指戒賭，而是心理醫師。在家庭及事業已無後顧之憂的情況之下打牌，麻將既可娛人，亦可悟人。正如《賭徒》裡老奶奶所說的一句話——「看鳥怎麼飛，就知道那是什麼鳥」——一個人在牌桌上的表現不但透露他的個性，甚至道盡他的一生。麥特‧戴蒙所主演的《賭王之王》（*Rounders*）教我們玩梭哈時觀察對手的祕訣在於洞悉「tells」，意即破綻或穿幫的肢體語言，以決定敵方手上握有的是一組絕佳的好牌抑或純屬唬人的烏龍。麻將桌上亦如是，tells時時可見。Tells可小可大，小則涉及單一牌局的進程、此刻的心情，大則反應一個人待人處事及生涯規畫的模式。我的一位牌友兼至交，每當手氣先盛後衰的時候，就會以一句英文自嘲：The story of my life。的確，麻將反應一生。

　　或謂「牌友」為矛盾的修辭，既然爾虞我詐，何來朋友之稱。此一說法大錯特錯。「牌友」不只是優雅的修辭。在我的業餘賭徒經驗裡，麻將不像「十把啦」或「推筒子」，它只有跟朋友互打才會達到娛樂——甚至團體治療（group therapy）的效果。我已多年不到需要抽

頭的場子打牌，不只是因為磁場不對，十打九輸，主要是因為沒有人情味，沒有閒話家常、打屁的空間。我近十年來的原則是只跟朋友從事圍城之戰，如果真的賭性已發而三缺一導致坐立不安、手指發癢欲裂，朋友的朋友是我的底限。

　　跟好友打牌的情況好比人類學家特納（Victor Turner）所專研的原始部落儀式裡中界（liminal）的境界。所謂的中界是指，一切的二分法因門檻（threshold）效應（即不在內也不在外）而模糊起來。四人之間亦敵亦友，既有人情味卻又殺無赦，大夥既是人類亦為動物，身處於文明與野蠻並置的灰色地帶。杜斯妥也夫斯基說人生彷彿一場賭局，當代劇作家兼電影導演大衛‧馬梅特（David Mamet）較為犬儒，在一部他自編自導的電影 *House of Game* 裡，言明人生壓根是一場騙局（con game）。我的感受比較像品特（Harold Pinter）：人生好比一場恆常處於中界場域的夢境。麻將也是一場夢，至於是美夢抑或惡夢，但看手氣的好壞及臨場的應變。

　　麻將不單涉及賺點外快或輸點零花，它還有諸多邊際效益。我常常從打牌期間及事後洞察到牌友的個性及他的一生。牌友A打牌時善搞小動作，例如明明已經聽牌卻又摸到一張大便牌（即沒有人會要的廢牌，如西風）時，他不馬上打出，一會理牌，一會將廢牌插入又抽出再插入再理牌，最後（好像一世紀之後，好像我已把俄文版的百科全書從A讀到Z之後）他終於打出那張早該丟的廢牌。不能怪他，因為他商場混久了，假動作是他生存之道；而且，自他從上海經商失敗回台之後，他的假動作更是變本加厲。然而，綜觀他麻將的戰績及事業

的起伏，他這是聰明反被聰明誤。假動作的原意是隱藏tells，但當他模式一出，做作的掩飾已成為對手眼中的tells。牌友B則較直來直往，不來假動作。他平常摸牌一律不用看的，是用摸的（如此讓人搞不清楚他拿的是好牌或壞牌，搞不清楚他是聽牌或尚未）。雖然如此我還是察覺到蛛絲馬跡，他露出的破綻在於摸牌的力道，只要是到了一上聽或已聽牌的階段，摸牌的速度突然轉緩，有時慢到讓人以為他在表演特異功能，邊摸邊刻，刻出一張他可以自摸成局的牌。他有一個壞習慣，手氣背的時候不時嘮嘮叨叨碎碎唸，一句話（如「媽的，打錯了，這下子萬劫不復了。」）總要重複好幾遍，搞得我們心煩氣躁要他閉嘴。有趣的是，在不打牌閒聊的時候，他亦如此喃喃不停：人生充滿遺憾，不是有志難伸，就是自嘆能力不足。牌友C是「富貴穩中求」那一型的，打牌時攻擊不忘防禦，防禦並不代表放棄。對他而言，麻將和人生一樣，總是且戰且走，時而上車、時而下車，沒有所謂必勝或必輸的賭局，一切但看布局。這位牌友有一件事讓我們津津樂道，他是我們幾個麻友中唯一「科班」出身的。通常一般人之於麻將是邊看邊學，他則是從一本我們不屑一顧的《麻將入門》得到啟蒙。反諷的是，幾年下來，這位學院派的戰績並不輸給我們這些江湖派的。這極可能跟他從事的設計行業有關。設計就是布局，是需要創意的，而創意不能只靠靈感，需要透徹的研究，才能打一場有保險的賭局。難怪在我們之中，他最具冒險精神，但又最為穩當持重。牌友D，其實就是我啦！至於我嘛，大概是沒救了。我懂牌理，但大部分靠直覺應戰，心情壓過理智，而且因為師承母親，一切按牌理出牌，

在我麻友眼中彷彿是透明的，我拿的是好牌壞牌，我是上車還是下車，我有沒有聽牌，他們了然於心。我之所以贏多輸少，八成跟賭運有關。我打牌最大的缺點是沒有彈性，拿到起手牌的三秒之內我即已決定牌該怎麼打，路該怎麼走，就這樣，義無反顧，一去不回。打牌沒有彈性，搞劇場也類似。我喜歡編劇，因爲它給我未演先定案的假象，直到今天我仍舊搞不懂「即興表演」到底是什麼丸膏。麻將如此，劇場如此，人生也半斤八兩。我安於慣性，痛恨丁點的改變，適應力奇差。走訪某一地區時，我總是去同一家餐廳，叫同樣的菜，「善變」的太太取笑我一成不變時，我總是俏皮地回答：「這有什麼不好的？至少我從沒想過要換老婆。」

麻將悟我，不只局限於個性及人生，還甚至擴及我對宇宙的感知。於近作《驚異派對》裡，我透過山豬這個人物道出我的心聲：「我在麻將裡看到我的渺小。」爲什麼？後來他有解釋：

沒有一個打牌的不迷信，有的穿紅內褲，有的內褲倒過來穿，有的乾脆不穿內褲。但是，你不要笑他們，因爲他們不得不迷信。有時候你打牌，手氣好得不像話，好到你媽都有點怕，不管你怎麼打就是不會放炮，不管你聽什麼邊張卡張絕絕張就是會自摸，手氣好到你會懷疑到底你是前幾天做了什麼善事才會享受到這種幾近天堂的滋味。可是，有時候你會手氣背到無以復加，不是剛聽牌就放炮，不然就是抓龜走鱉的衰貨。這時候打牌變作懲罰，一種卡夫卡式的存在主義式的煉獄……你聽好，不管手氣是大好

或大壞，或不好不壞，它都是有跡可循的，是有pattern的……而且一旦你發現到那個pattern，你會覺得好像每副牌都差不多，周而復始的重複再重複。媽的冥冥之中似乎有一股力量在設計和左右那個pattern。你給它想想，如果連麻將這種小鳥事都有鬼魅神明在控制，那我的人生呢？講他媽更大一點，一個國家呢，整個世界呢？所以，如果有一個痞子從禮拜一打牌打到禮拜六，一直打到禮拜天清晨，打完以後離開牌桌，走出門口後，你猜他會去哪裡？……境界低的痞子會直奔永和豆漿店，境界高的會去行天宮燒香拜佛或找個教堂去受洗。但是對這些所謂境界高的真正的考驗是，「之後呢？」走出教堂或站在民權松江的十字路口上，他接下來該怎麼辦？是從此洗心革面不再賭博，或是再回到賭局繼續跟那個pattern搏鬥？不管那個屄央怎麼選，對我來說，都是無解。

雖是無解，至少，我已從無神論者轉為懷疑論者再轉為有神論者。這一切的轉變，都拜麻將之賜。

於撰寫此文的前一夜，我作了一場奇怪的夢。夢裡，我正前往「士林大學」兼課，一會騎腳踏車、一會開車，一路上峰迴路轉，找不到目的地，邊懊惱邊想，「教書明明是我的副業，我幹嘛老是答應到別校兼課？」終於，我找到那所藏在深山的大學。令我驚訝的是爸媽及兄弟姊妹都在門口等我，一看到他們，我已忘了兼課之事，全家興高采烈地走出鳥不生蛋的山區。就在此時，我醒了。

　　再三分析，我確定這是一場和麻將有關的美夢。去年農曆年尾大哥搬家，遠在異地的二姐、三姐及妹妹應媽媽的要求，於過年期間，回國祭拜重新安置的神明及祖先……一切回到我懷念的從前，我們六個邊打牌邊鬥嘴，媽媽仍舊站在一旁數落我們的牌技……

　　我終於明白我為何那麼喜歡麻將。

　　麻將就是團圓。

輯二　看戲

007的致命吸力

戲劇是我的專業，但電影是我的最愛。如果在一個得空的夜晚，有一齣戲劇及一部電影讓我必須做魚與熊掌的選擇，我一定不假思索地去看電影。電影極容易讓我入戲，果若內容乏味，至少還有催眠的效果；戲劇卻常常讓我疏離，遇到演出貧血的作品，我只有不耐煩的焦慮，很少睡得著。這時候手錶是我最好的慰藉，時間是我最痛恨的敵人。我頻頻看錶，欣慰地知道又過了幾分鐘，卻又嫌棄時間走得過慢：典型的龜兔賽跑，我的期望是兔，時間是龜。

作為一個觀眾，我偏好電影、閃避戲劇的理由很多。首先，電影是以娛樂為重的文化，戲劇則是加了括號的「文化」，給人極大的不自在。單單觀看的經驗就有極大的差別。電影院容許看官帶飲料、買爆米花、甚至啃雞腿；更早以前，你還可以穿拖鞋，翹起二郎腿抽菸。戲劇則束縛多了，謝絕飲料或食物，不可隨進隨出，遲到的時候還得等到一個特定的段落才會讓人進場，而最讓我不爽的是位子不能任意選坐，有樓上、樓下、包廂、貴賓席等階級的分野。

另外一個因素與法國荒謬劇場大師伊歐涅斯科（Ionesco，《禿頭女高音》是他最有名的作品）有關。伊歐涅斯科少年立志成為作家，寫的大半是詩詞、小說與論文，從來沒有想過要寫劇本。反諷的是，

他最後竟然以劇作打下江山，聞名於世。他討厭走進劇場，認為太過作假，反而對擺明是純屬虛構的小說或電影甘之如飴。他提供的理由有點弔詭，但言之成理。純屬虛構的媒介反而容易讓他投降，全然浸淫在幻覺之中，但是戲劇則不然。他說，戲劇也是造假，但因由有血有肉的演員現身操演，使他在虛構與實體並存、齟齬的狀態下產生揮之不去的疏離感。我深有同感，每每在觀看戲劇的時候，一旦注意到演員大半是我的學生或朋友時，我就不自覺地從幻覺中抽離出來，心想「前幾天那個演員或編劇不是和我在啤酒屋喝酒聊女人幹譙世界嗎，怎麼現在在台上正經八百、悲天憫人起來了？」

　　另有一重要因素與我個人的成長經歷息息相關。我自小先接觸電影，習慣電影，直到二十歲才約略知道戲劇是什麼東東。高三時我暗自立誓走上編劇一途，想的是為電影效力，連當時最紅的張永祥在我夜郎自大的眼裡都不算是個人才。我第一部作品即為電影腳本，在沒有別人看過的情況下，不知哪時丟棄在哪裡了。後來興起為劇場創作的念頭純屬權宜之計。那時的電影圈很難擠進，而我又不願從場記或學徒幹起，自然與它無緣。反觀之，戲劇無圈，蘭陵劇坊才剛起步，搞一齣戲不需要多少錢，多則五萬、十萬，少則幾千塊新台幣就能搞定。於是我以英文寫就《舞會》（*The Dance*）在大四畢業公演初試啼聲，隔年又寫了《愚公移山》（*The Wise Man Yugung*）中英兩版，在台北藝術館及輔大理學院圖書館的頂樓先後公演，從此走上劇場創作的路途。

　　我之所以酷愛看電影是因為母親年輕時酷愛看電影。那時的台灣

人都很窮，常常為生活瑣事或小錢苦惱不已，電影提供媽媽暫時忘卻現實的管道。只要是我可以看的動作片（如古羅馬的大力士或日本武士片），她都會帶我同去。文藝片媽媽也看，至於她是否一個人看或帶著姊姊一起看，我完全不知道。印象最深刻的是，每有精采的打鬥場面，媽媽就會興奮地告訴我「你看！」每到男女纏綿的吻戲，她就會緊張地叫我「眼睛閉起來！」有趣的是，三十幾年後，我也常常帶女兒去看動作片，每到精采打鬥場面，女兒會興奮地對我說「你看！」每到男女纏綿的吻戲，她會自動地用兩手摀住眼睛。

在所有的動作片裡，媽媽最喜歡007的系列電影。我還記得在看完第一集《第七號特派員》（*Dr. No7*）的回家路上，媽媽一直讚嘆詹姆士・龐德出門前用口水將一絲頭髮黏在櫥櫃的兩扇門之間，等回家查看頭髮不見了，便知道他已遭人監視，且室內已被歹徒抄過。如此簡單的一招，在媽媽眼裡，正是龐德超人智慧的高度表現及無人可擋的致命吸引力。當晚回家所發生的事情更令我難忘。爸爸那時經商，應酬不斷，加上他貪杯，常常醉醺醺的回家。通常，他一回家就倒在床上打起響呼，但那晚媽媽不經意的一句話把用酒精思考的爸爸惹毛了。

媽：我今天帶蔚然去看007。

爸：看誰？

媽：那個史恩・康納萊實在是又煙頭（帥也）又性格。

爸：哪尼（日語：什麼）？你講誰煙頭？

媽：史恩‧康納萊。

爸：一個姓康的查甫？

媽：你是怎麼啦？

爸：你是不是在討客兄？

媽：我哪有討客兄，我討客兄怎麼會帶蔚然去？

爸：八蓋野路！沒見笑的查某，找查甫還帶囝仔去！

說完，爸爸摑了媽媽一巴掌（是第一次也是最後一次），把媽媽氣到不理他，一直到第二天還不願意下床。醒來的爸爸幾乎完全忘了昨夜發生的事情，只約略記得好像跟我有關，輕聲走出房間問我事情的來龍去脈。我解釋完後，爸爸自知理虧，也知道媽媽在氣頭上，今天大概是沒中飯可以吃了，只好帶著六個小孩去吃肉羹和魯肉飯。吃完飯，爸爸還不忘外帶一客媽媽最愛的蝦仁蛋炒飯，回到家親自拿進臥室給媽媽，媽媽才逐漸釋懷，邊享受炒飯，邊笑罵爸爸是「三八查甫」。爸媽一輩子恩愛非常，但吵嘴不斷，我很討厭他們吵架，但卻喜歡那些額外的、原本不在預算之內的、沒有媽媽在場的「大餐」。

007的致命吸力其實就是電影的致命吸力。稍微長大以後，媽媽忙著為家計打麻將，變成三姐帶我去看。三姐也喜歡007，因此我們沒有錯過這期間的任何一部。等到我上高中，三姐忙著談戀愛的時候，我便單槍匹馬獨自闖蕩電影街，最高紀錄一天看五場電影。那是荒唐的一天。前一晚，我已得知007新片又要隆重上映，心中蠢蠢欲動，早上起來突發奇想，決定裝病蹺課，並趁機偷拿爸爸口袋和媽媽皮包的錢

（反正他們永遠搞不清楚自己手邊有多少現金）。拿到錢後，我查看報紙，盤算可以看多少場電影。結果，票價加飲料加中飯和晚餐（桃源街牛肉麵館做的蔥油餅是我的最愛），我算了半天發現總共可以看五部電影，還有餘錢坐公車回家。第一部當然是007，以免與同好相擠，還得排隊買票。接下來一連看了四部有好有壞、有西有中的動作片（台灣的文藝片一概不看，只選邵氏的武俠片，尤其是姜大衛與狄龍主演，張徹執導的陽剛路線）。等看完第五部走出電影院時天色已晚，我雖兩眼麻花、腰痠背痛，心情卻頗為舒暢。正慶幸這是圓滿充實的一天——既沒被少年隊盤查，也於觀影期間沒被色老頭騷擾——之時，我忽地驚覺因貪吃多買了一塊蔥油餅，身上已沒有足夠的零錢坐公車回家。其實只少了五塊，但不想被人當乞丐，只好拖著疲憊的身子，從西門町一路走回民生社區，全程一共花了九十分鐘。邊走邊自責：早知如此應多偷點錢，既可看第六部電影又可坐計程車回家，豈不兩全其美。回到家裡已經快十二點了，知道這下子少不了挨一頓罵，進門後，母子的對話如下：

媽：（邊看電視邊問）這麼晚了你去哪裡？不是生病嗎？

我：後來好一點了我就趕去上課了。

媽：書要讀，身體也要顧，知道嗎？

我：知啦。

媽：等一下，上課需要上得這麼晚嗎？

我：高老師看我錯過兩節國文，叫我下課到他宿舍。他幫我補課，還

　　請我吃晚飯。

媽　：高老師對你真好。我和你爸爸一定要找一天帶禮物去謝謝他。

　　還好媽媽只是隨口說說，根本沒有時間做到。因為我在高老師的眼裡是個體弱多病的小孩，請病假的天數高居全班排行榜第二名（第一名的同學應該是真的體弱多病，因為我蹺課看電影時從未在西門町與他不期而遇）。有一次，高老師把我叫到辦公室，苦口婆心的告誡我：

老師：紀同學，書要念身體也要顧。

我　：是。

老師：我對你身體的狀況有點擔心，能不能請你父母來學校一趟，我想和他們談談。

我　：恐怕不可能，我爸爸是船員，一年回家一次，我媽在南部做生意，一個禮拜回來一次。

老師：家裡沒大人，小孩誰來照顧？

我　：我祖母。如果老師要的話可以找她來學校，她現在才八十九歲。

老師：不行，怎麼好意思勞駕她老人家。以後有空我再到你家拜訪好了。

　　還好，高老師也只是隨便說說，否則我嗜影如命的祕密生活就會

穿幫了。

　　進入大學之後我照常蹺課去看電影，而且看007的新片已變成我觀影經驗中不容許被破壞的傳統，甚至結婚生子後仍舊維繫這項儀式。皮爾斯・布魯斯南（Pierce Brosnan）主演的四部新片都是和女兒一起看的，因為太太對動作片嗤之以鼻，拒看007。我必須承認，許是年紀大了，許是看穿了007千篇一律的公式，有幾次我都中途睡著，而且，我逐漸對007產生了新的體認。以前認為它的致命吸力在於主角，最近才察覺007的真正主角在於它的壞蛋。

　　一般公認007的男主角以史恩・康納萊最具致命吸力，於一九六二年至一九六七年期間，他共領銜了五部。他擺明的大男人主義在那個時代讓人不覺得反感，而他對女人的風流，甚至從今天的角度來看，也不致使人感覺下流。每一集他平均與女人做愛三次，每一次都在緊要關頭時fade out，讓人心癢癢的。康納萊辭演之後，一九六九年由喬治・拉占比（George Lazenby）墊檔演出《女王密使》（*On Her Majesty's Secret Service*）。拉占比沒有康納萊的魅力，加上製片人對他沒信心，因此成績平平，一次就被三振出局。後來出現了羅傑・摩爾（Roger Moore），於一九七一年至一九八五年期間共演了八部。摩爾長壽的紀錄令人訝異。和康納萊一樣，摩爾也是毫不掩飾的沙豬，但因他的演技沒有前者來得含蓄，以致他對女人的輕佻總是令人感覺下流。現在想來，這八部我會每集都不錯過，除了保持那項莫名的儀式之外，尚有愛屋及烏的心態：小時候我最喜愛的電視影集正是由摩爾主演的《七海游俠》（*The Saint*）。康納萊的辭演一半是倦勤，一半

是為了不讓自己定型；摩爾的下台主要是老了、胖了、跑不動了，有損007的形象。之後又出現了一個純屬墊檔的替死鬼，他就是演莎劇出身的提摩西‧達頓（Timothy Dalton），演了兩集就被炒魷魚。他的失敗不純然是個人因素，而是因為他除了要對付摩爾形象的陰魂不散，還得應付三心兩意的製片人。原來，電影公司早就屬意由皮爾斯‧布魯斯南接替，但礙於電視合約的羈絆，意願極高的布魯斯南只能忍痛說不。直到一九九五年，布魯斯南正式成為第五代007時，這個系列電影才重振雄風。而主角也賦予007新的形象：刻意掩飾骨子裡沙豬的餘毒，少了風流，多了柔情，而且除了散發007的致命吸力之外，布魯斯南不再走無所不克的超人路線，為角色注入了一些英雄的弱點。

歷經五位演員的007，有些改變，也有些是永遠不變的。首先，一成不變的是編劇的公式；再來就是007的俏皮話，英文術語稱為one-liners，亦即用一句簡短的對白說冷笑話。從意識形態的觀點來檢視，007代表的是大英帝國主義的餘毒。雖然二次大戰之後，英國的政治地位不如往昔，不再舉足輕重，但心有不甘。在國際政治舞台上，身為北大西洋公約組織的一員，英國頂多是美國的跟班；但在電影裡，美國CIA的幹員永遠只能是007的跟班。這種阿Q式的補償心態不言可喻。還有，007只要場景換到第三世界，總是以現代的眼光藐視前現代的社會。第三世界（不管是非洲、中東或東南亞）的畫面總是給人落後、民智未開的印象。美其名是為了捕捉地方色彩（local colors），實際上透露的是根深蒂固的種族歧視。然而，最讓人不爽的是007永遠不死，每一集007都會被壞人抓住，但每一集的壞人都愚蠢到不懂得當

場讓007一槍斃命，總是提供了007脫逃的契機。為此，我曾經試寫一段尚未發表過的對白：

黑道甲：我覺得007的壞人都犯了一個同樣的錯誤。

黑道乙：什麼錯誤？

黑道甲：他們每一集都會抓到007，對不對？但是，每一次他們都會在那邊雞雞歪歪的。（模仿）「嘿嘿嘿，終於抓到你了，007。你實在很不乖，所以我不會讓你死得痛快，我要慢慢的把你整死。」就這樣，007每一次都有機會逃走。

黑道乙：這是編劇的錯吧。

黑道甲：我不管。那些壞人在做壞事之前都沒有做好功課，他們應該前面幾集的007都要看過。

黑道乙：媽的胡扯。

黑道甲：真的，他們一定要搞清楚前輩是怎麼失敗的，不能一錯再錯。電影公司就是不敢找我去演壞人，找我去演的話就絕對沒有下一集了。因為要是我抓到了007，我就先問他，原來你就是……

黑道乙：龐德。詹姆士·龐德。

黑道甲：我就媽的二話不說，把槍掏出來，乒乓乓的給他死，哪廢話那麼多的。

後知後覺的我於近幾年才猛然領悟，007真正的致命吸力不在於主

角，而是它的壞蛋。從一九六二至今，007總共推出二十集。請注意，007的死敵大都是操英國腔的白人，而且這些壞蛋野心極大。一言以蔽之，他們是希特勒與彌賽亞的混合體：破壞世界只為了一統世界。二十集裡，只有一集的壞蛋是黑人（一九七七年的《生死關頭》*Live and Let Die*），但劇本強調的是黑人從事的販毒及他使用的巫術，予人一種不夠科技的小鼻小眼。一九八五年之 *A View to a Kill*（中文片名忘了）裡的壞蛋是美國人，他的野心不夠大，只有資本家壟斷晶片市場的意圖，也是眼光如豆。二十集裡有不少中東場景，但沒有一集的歹徒是中東人。有趣的是，有兩集出現了來自亞洲的壞人，第一集《第七號情報員》裡的壞人是中國人，而最近一集《誰與爭鋒》（*Die Another Day*）裡的壞人是北韓人。理由很簡單，在冷戰年代，中國的政治勢力在第三世界及破壞美蘇勢力均衡中扮演重要的角色，而在後冷戰的二十一世紀，北韓所持有的核子武器不只對南韓，甚且對亞洲及西方世界都足以造成不小的威脅。但是，且慢，把中國及北韓野心家抬舉為足以與007抗衡的地位只是假象。第一集的中國人滿嘴英國腔，而且他具有德國爸爸的血統，完全沒有中國人的模樣。更荒謬的是在《誰與爭鋒》裡，那位矮鼻瞇眼的北韓軍人必須經過「漂白」，於基因改造之後，以企業新貴的英國人之樣貌重出江湖。

007系列電影透過以上這些壞蛋的形塑，婉轉地暗示著：只有白人（最好是操正統英文的白人）才會具有征服世界的野心；只有白人才有一統世局的資格。最近才辭世的艾德華・薩依德（Edward W. Said）曾於《遮蔽的伊斯蘭》（*Covering Islam*）一書中大肆批評西方媒體以

偏頗的角度報導／遮蔽（covering）中東世界，導致他們的觀點扭曲
並主宰世人對穆斯林世界的印象。其中，電影扮演了重要的角色：
「……因為我們對歷史與遙遠國度的視覺感受通常來自電影院。」薩依
德所言不差，甚至榮獲諾貝爾文學獎的印裔英國作家奈波爾（V.S.
Naipaul）也於無意之間持有類似的心態。於《在信徒的國度》
（*Among the Believers: An Islamic Journey*）一書，他如此寫道：

> 德黑蘭北區是這個城市格調比較高的地區，開展深入在一片棕色
> 山丘上，山丘輪廓隱沒在日間靄霧裡，公園綠地與花園多半集中
> 在此，遍植懸鈴木的通渠大道縱橫貫穿，昂貴的公寓建築、旅館
> 與飯店。德黑蘭南區就還是個東方城市，居民稠密，空間狹窄，
> 比較像個市集，擠滿了遠從鄉間遷入的人民；而民眾聚集在巴士
> 總站前塵沙遍布、垃圾滿地的廣場上，就像一群鄉下來的烏合之
> 眾。

　　為何南區的民眾因非現代的環境就予人「烏合之眾」的印象，我
想問。於此，奈波爾正是以現代的眼光來蔑視前現代的社會。到底是
北區抑或南區代表真正的伊朗並不重要，重點是奈波爾大可不必做出
如此截然二分的價值判斷。這種情況有點類似台灣民眾對超市及傳統
市場的不同觀感。有人認為買菜當然是去超市，既乾淨又安靜，但我
卻覺得傳統市場較為自在，較有人性，買食物既能討價還價，還可以
跟小販閒話家常，完全不需要忍受超市裡散發自冷凍食品區的冷漠與

異化。

　　雖然薩伊德的觀察令人折服，但我想在此斗膽提出另類看法。沒錯，近十年來的好萊塢動作片有極多的壞人都是來自中東的阿拉伯人，現已貴爲州長的阿諾主演的《魔鬼大帝》（*True Lies*）即爲一例。從另一角度來看，這並不一定是件壞事；至少，西方世界體認到：要維繫西方利益的霸業，要使現代文明的意識形態放諸四海而皆準，穆斯林世界是最大的阻力。換言之，伊斯蘭的文明、宗教、意識形態及石油，在在對西方（尤其是美國）造成不容忽視的威脅。九一一攻擊事件就是最好的證明。相較之下，其他亞洲地區國家就很少入選爲好萊塢的壞人排行榜。《致命武器》第四集，李連杰好不容易獲得好萊塢的青睞，以頭號歹徒的姿態現身，然而他所圖的只是「小我」的幫派利益，所倚賴的武器仍舊不脫義和團的模式，對美國所代表的西方文明絲毫不構成威脅。

　　因此，我衷心期待，在未來的007電影系列裡會出現具有宏觀、來自東南亞的恐怖分子。最好的情況是，他來自台灣。

　　當然此爲不可能實現的妄想；台灣截至目前只會搞核能發電廠，尚無製造核子武器的能耐。但是，信不信由你，我的奢望已獲得好萊塢的小小回應。大約半年前，我在Cinemax的頻道不小心看到一部名叫 *Attack on the Queen* （中文片名不詳）的電影。原著作者來頭不小，即撰寫過《赤色風暴》（*Crimson Tide*，不但是暢銷書，還拍成由金·哈克曼與丹佐·華盛頓擔綱的A級院線片）的亨雷克（Richard P. Henrick）。*Attack on the Queen* 雖然是超級大爛片，但我邊看邊呼過

癮。劇中，美國與中國雙方的政要在一艘名為「伊莉莎白二世」的豪華油輪上舉行和平高峰會談，不意途中被一夥恐怖分子挾為人質。令人不敢置信的是，恐怖分子的訴求竟然是「台灣獨立」。這部令人看了就忘了的片子對我意義非凡，因為它創下了「西方電影歹徒史」的先例：壞人是台灣人！

　　放心，我沒因此而得意忘形，我明瞭這只是一部預算低、卡司弱、沒資格於美國院線上映、只適合拷成DVD、販賣到第三世界的B級電影。若要台灣的壞蛋擠進A級院線片，甚或扮演007的死敵，發揮足以撼動西方文明、阻礙美帝霸業的致命吸力，我們還有很長的路要走。

　　果若有那麼一天，台灣或許才算是真正的找到自己，走出世界。

叫我Archie Bunker

　　很多與我熟識的舞台劇演員都知道我很愛演戲，但不敢上台，只有在台下瞎攪和的時候才會即興亂演。在眾多戲劇人物裡，我最喜歡扮演的就是Archie Bunker。

　　Archie Bunker是何許人也？說明之前，先向讀者敘述一段故事：今年三、四月之交，紐約高等法院發生了一樁奇聞，兩位Tyco公司的前主管因涉嫌利用公司圖謀私利而被政府起訴。輿論原本以為這應是一起「開了即關」（open and shut case）、嫌犯難逃法網的官司，然而訴訟過程還是拖了半年之久，進展到陪審團於閉室討論的階段時，十二個人花了九天的工夫竟然還是無法取得共識。原因有二：其一，本案錯綜複雜，陪審團對於商業交易的相關法律似懂非懂，因為法官提醒他們，只要兩位被告從事交易時「不知道」他們觸犯了法律，即「不知者無罪」；其二，陪審團裡有一位高齡七十九歲的老富婆，她於討論期間頻頻要求法官提供更詳盡的資料，而且屢次獨排眾議，傾向無罪定讞。不僅如此，據稱這位女士於某次開庭時，竟然以拇指與中指朝被告的律師團方向做出「OK」的手勢，在場的一些記者發覺有異，趕緊著手進行「四號陪審員」之身家調查。

　　結果，令人萬想不到的是，《紐約郵報》（*New York Post*）和

《華爾街日報》（*Wall Street Journal*）這兩大報紙竟然搶先透露「四號陪審員」的姓名、住區、財務狀況及一些個人隱私。最後，歐布斯法官（Michael Obus）草率地宣布訴訟流產（mistrial），立刻引起全國譁然，因為兩位被告得以（暫時）躲過三十年的牢獄之災，且若要再次對他們提起公訴，不知又要花費多少人民的血汗稅金。事後，「四號陪審員」魯絲‧喬登（Ruth Jordon）於《紐約時報》（*New York Times*）的一篇獨家訪談中宣稱，她不可能會做出「OK」的手勢，而且「就算法官不宣布訴訟流產，陪審團也無法達成一致的判定」。言下之意不外是指她有意以一擋十一，選擇被告無罪的裁決。因為這起和稀泥的官司，「Juror Number Four」有一陣子曾經在美國人的談話裡被拿來當名詞或形容詞使用。例如一夥人想去吃飯，在大家達成去吃義大利麵的共識後，突然有個二百五提議去吃日本料理生魚片，這時候就會有人譏他：「你以為你是誰啊？Juror Number Four嗎？」或「你別那麼Juror Number Four好不好？」用年輕的俗語來解釋，「四號陪審員」就是「機車陪審員」。雖然這個新詞一時蔚為風潮，但它恐難持久，不多時即遭淘汰，不像有些用語因深具文化意涵而歷久不衰。「Archie Bunker」就是一例。

「你還真是個Archie Bunker！」太太常常如此譏諷我。

美國一九七○年代最受歡迎的電視節目，是一齣名為《家醜不外揚》（*All in the Family*）的情境喜劇，英文原名一語三關。就膚淺的層面而言，這個節目主要的焦點是一家四口，偶爾涉及零星寥寥的鄰居及朋友。然而，它不僅止於小我天地的刻劃，反而以家庭為社會之

縮影，舉凡有關當時社會、文化、政治、世代、種族、性別等等議題，都被劇中人物以鬥嘴的逗趣方式拿來討論。最後，儘管四位人物時有磨擦而爭辯不斷，盛怒之時還會大吼小叫，他們終究是一家人；儘管他們價值觀與意識形態南轅北轍，他們之間的親情仍有如黏膠似的將四人緊密結合。Archie Bunker是一家之主，見識短淺卻又愛發牢騷，得理不饒人時講話尤其不予人顏面：他謔稱老婆爲白癡（ding-bat），嘲笑女婿是腦袋一團糨糊的「肉頭」（meathead）。老婆Edith是女性主義者眼中揮之不去的噩夢，因爲她真的有點「空氣腦袋」（air-head），不只對老公唯命是從，當其他三人爲某人某事大小聲時，她也沒啥主見，只能充當和事佬。相較之下，女兒Gloria則是個半生不熟的新女性，剛強時站在老公那邊和老爸鬥陣，爲自由主義的基本精神辯護；脆弱時則需要男人關愛的擁抱，有時甚至退化爲老爸口中的「小姑娘」。女婿Michael則是具有社會意識的大學生，爲了省錢只能屈居老丈人的屋簷底下，雖心存感恩，但並不因此而仰其鼻息、唯唯諾諾，反而與Archie如油水二分，兩人見面常常是火花即來，少不了你嘲我諷唇槍舌戰一番。若說Archie是跟不上時代的鴕鳥，Michael便是自以爲已受啓蒙的猩猩；前者的唇舌尖酸，後者的齒牙鋒利，是勞萊與哈台式的另類雙口組。

　　一齣沒有俊男美女、在當時完全不被看好的舞台劇式電視喜劇，於一九七一年推出後竟得到觀眾廣大的迴響，而且連演九季，收視率居高不下。當然，最受歡迎、也最具爭議性的人物，就是老爸Archie（由已故演員Carroll O'Conner飾）。他是個藍領階級，典型的保守頑

固分子,除了具備愛家認分的美德以外,其他幾乎一無是處。Archie
最喜歡坐在宛如王位的扶手沙發椅上大發偏頗的言論,邊說邊抽著心
愛的雪茄,那模樣像極了山頂洞人和永不離手的狼牙棒。他患有嚴重
的仇外情結,對非我族類之輩如女人、黑人、猶太人、有錢人、民主
黨人士等少有美言。以下摘記幾句Archie的台詞,以便讀者揣摩領會
他的嘴臉:

> 我要強調我不是個種族歧視者,他們皮膚有色又不是他們的錯。

> 老婆,我知道你在唱歌,你也知道你在唱歌,可是鄰居會以為我
> 正在虐待你。

> 我的工作跟思考無關,這一點我很在行。

> (有關水門事件)尼克森並沒有撒謊,他只是忘了講實話。

> 有關你們女人的問題我很了解,老婆。如果你想改變,你馬上就
> 變!我只給你三十秒鐘!現在——變!

> 所有的外科醫生都是搶匪,不然為什麼他們動手術的時候都要戴
> 口罩?

耶穌基督是猶太人，但那也只是遺傳自他媽媽那一邊。

我對人類沒有惡意，我只是不喜歡人。

　　就是這些「嘉言錄」使美國觀眾對Archie既愛且恨，邊笑邊罵，覺得他既可愛又可怖。不但觀眾喜歡，有些電視及文化評論家亦給予這個節目高度的評價，一半是因為它使一些禁忌的話題獲得高度曝光的機會，一半是因為它有如一面照妖鏡，讓美國白人面對醜陋的自我，也讓美國人終於學會嘲笑自己的偏見。當然，某些評家不以為然，認為本節目既以討喜的Archie為中心，看似嘲諷Archie，實則有寓貶於褒，從而使Archie所代表的精神發揚光大，讓主流社會更加志得意滿。無論如何，至少有一個現象是確定的：從一九七○年代至今，Archie Bunker從虛構的人名被衍用為具普遍意義的形容詞，泛指所有眼光如豆、視野狹窄卻又超愛大放厥詞的男女老少。

　　我當然不是真的像Archie Bunker，因為我生性自卑且自知自卑，因此不可能有Archie Bunker那種將垃圾視為珠璣的自負；但正是因為自卑，總會有意無意地在我信任的人──通常是我倒楣的太太──面前將Archie Bunker當角色（persona）來扮演一番。麻煩的是，扮演久了，角色一旦滲透自我，虛實摻雜，我還真的有點Archie Bunker了。從另一個角度分析，這種現象很可能不是由外而內，而是從自我延伸出來的面具，所謂的角色扮演只是自我安慰的藉口罷了。如此說來，我原本就是Archie Bunker也說不定。

　　爲了說明我如何即興表演Archie Bunker，在此願自暴其短，獻舉兩例。我們家有個不成文規定，在美國由太太開車，在台灣則由我開車，以地域來分配工作。和很多人一樣，我只要一坐上駕駛座，人就變了樣，人車一體，機械是我的延伸，我是機械的突變。我不會飆車，但喜歡超車，每超一次總有「吃我塵土」之快感，太太戲稱我爲「taxi driver」不是沒有道理的。女兒就比較厚道，每每提醒媽媽不要侮辱計程車司機。遇見前車速度過慢的情況，我有時心血來潮會「自動換檔」，化身爲一隻沙豬邊超車邊罵：「媽的，慢得像牛車，開車的一定是個女的。」豬語一出，立即遭受圍剿，小的要我不許講髒話，老的要我別侮辱女人。超車時我會順便瞅一眼擋我去路者是男是女，只要是女性，我會得意地說：「你看！果然是女的。」一旦出乎所料，我就會改口道：「怎麼會是男的？難道他瞬間變性不成？」不管是男是女，我都會再度自太太口中得到Archie Bunker的封號，而我也都會辯解：「我不是Archie Bunker，我只是在演Archie Bunker。」太太則會用英語以冷嘲熱諷的口吻說：「你演得還眞像！」（You could have fooled me.）

　　Archie Bunker的生活準則是自掃門前雪，不管他人閒事但專愛說人閒話。我還不至於那麼自私，但看到礙眼的事物時，體內的「阿奇」即被召喚而出，大過表演之癮。這時候，倒楣的還是被我視爲觀眾的老婆。我和她常於傍晚在政大校園散步，她觀賞樹，我觀察人。幾年下來我悟出一個不說自明的道理：自然不會讓人不爽，但人類讓人不耐。我最常被迫見證到的兩個畫面是連體嬰與雕像。連體嬰是指校園

熱戀的情侶，他們有一種蔚爲奇觀的走路方式：男的一隻手摟著女的腰部，另一隻手撫摸她的頭髮；女的一隻手插在男的褲子後面口袋，另一隻手把弄著他的襯衫鈕扣。如此連體嬰的結合還能走路而不被彼此絆倒實在令人歎爲觀止。雕像是校園情侶吵架的景象：男女各據一方，相距通常不超過一米，雙方凝然不動儼如兩尊活雕像，但每隔三、五分鐘會有短暫的交談，總是男方先說「對不起啦」，然後女方哀怨地回道「你每次都不尊重我」，說完兩人很有默契地又回復定格姿勢，直到下一回的互動。看到連體嬰時我常會故作掏錢狀，當太太問我「你要幹嘛？」時，我就邊掏錢邊加快腳步說：「看他們這樣按捺不住，我乾脆給他們錢去賓館把事辦完，免得在這裡丟人現眼。」太太不會把我喊住，因爲她知道我沒那個膽，也沒那麼神經。要是碰到雕像，我會有兩個相輔相成的表演靈感。首先，我假想自己從口袋拿出逛校園必備的捲尺，趨前丈量兩座雕像之間的距離，以科學家的精神計算出最合理、最具普世標準的「校園情侶吵架距離」；其次，我會以青年導師的口吻對兩人說：

從戲劇對白的準則來看，你們兩個都說得很得體。但是千萬不要以爲今天的情況是「只此一次、下不爲例」。這是宿命。男女相聚一起，男的要說上千萬次的「對不起」，女的要說上千萬次的「你不尊重我」，因此，看開一點，把這一次吵架當作結婚前rehearsal。但，話說回頭，依我個人的經驗及多年的專業統計，求學期間談戀愛的對象百分之九十九不是後來結婚的伴侶，那些

少數成功的百分之一，事後都很後悔。換句話說，你們現在不必認真，遲早會分手的。喔，對了，麻煩再靠近一點，你們的距離已經超出一公尺了，謝謝。祝你們永浴愛河！

有一次我很得意地在太太面前即興演練了以上的獨白，演完之後她不但沒有鼓掌稱好，還以「不可置信」的眼光盯著我看，看得我自覺羞愧，只好模仿《大白鯨》（*Moby Dick*）第一句話，悻悻地說：Call me Archie Bunker。

Archie Bunker性格酸腐還略帶霉味，若以幽默的角度視之，他只不過是個小丑，可笑復可憐。他也很透明，只要說一兩句話就被看穿了。除了對有色人種、黑人、女人嗤之以鼻，他對同性戀也口下不留情：「從小玩洋娃娃的男孩，」他曾說，「長大以後就會成為其他男孩的室友。」又說：「我從來沒說戴眼鏡的男人是同性戀，戴眼鏡的男人是四眼田雞，是兔子的男人才是同性戀。」他這種語言當然可怕，但是沒有下一段Billy的說詞來得狡猾：

Billy ：你有沒有跟那些人聊過……我是說同志，有沒有坐下來跟他們其中一個閒聊打屁？

Robert：當然沒有。我幹嘛跟他們聊？媽的，辦不到。

Billy ：其實，有些同志還不錯。你只要跟他們說：「我不是，對不起。」他們就不會惹你。但總是有些同志，一些母狗，他們毫不講理，以為每個人都可以上。因為他們以前都被上過。

所以當你告訴他們你不是同志時，他們只會點頭和微笑。對他們來說，你不是真的，他們除了自己什麼都看不見，只會一味沉迷在他們玩的遊戲裡。

以上的對白摘錄自美國劇作家大衛・雷伯（David Rabe）於一九七六所著、以越戰爲背景的《隨波逐流》（*Streamers*）。相較於Archie的透明，Billy的語言世故而隱晦，他的立場代表許多自由主義派異性戀者的心聲：只要同性戀者不來惹我，他們要怎麼搞是他們家的事。Archie的語言話中有刺，一目了然；而Billy的說詞是經過包裝的，看似開通，實則遮掩了同樣根深蒂固的敵意。

講到小丑，不能不提魯迅筆下的阿Q。如同Archie Bunker，阿Q也是虛構的人物，但他臭名長存，已從紙頁跳入人間，於中文世界裡被廣泛使用。眾所周知，阿Q是醬缸文化的代表，相信「精神勝利法則」。只要阿Q得不到的東西都不是好貨，吃不到葡萄說葡萄酸，吃不到荔枝說會流鼻血，吃不到芭樂說會便祕。亂世裡的中國，阿Q處處可見。錢鍾書《圍城》裡的主角方鴻漸就死守「塞翁失馬，焉知非福」的阿Q式處事原則。例如，當方鴻漸有意取消父親爲他安排的婚約未果，他「從此死心不敢妄想，開始讀叔本華，常聰明地對同學們說：『世界哪有戀愛，壓根兒是生殖衝動。』」放洋留學、乘船回國的途中，他和豐滿熱情的旅客鮑小姐有一段短暫的苟且私通，但當鮑小姐對他的態度由熱轉冷，他也會很阿Q地安慰自己：「鮑小姐談不上心和靈魂。她不是變心，因爲她沒有心；只能等日子久了，肉會變味。

反正自己並沒有吃虧，也許還佔了便宜，沒得什麼可怨。」天底下沒有人不沾點阿Q的血液，人們不必扮演阿Q就已經夠阿Q了。記得我以前曾經因為身材矮小而自慚形穢，但有時我也會故作驕傲地對比我高的人說：「怎樣，上面的氧氣比較稀薄吧？」

試想，當Archie遇到阿Q會有什麼結果？縱使兩人都無知自大，都生性懦弱，都只敢在背後說人閒話——也就是台語俗諺所云「面前不敢亂譙，背後幹死皇帝」——我猜一九二〇年代的阿Q與一九七〇年代的Archie鐵定是相看兩相厭。在阿Q的眼中，Archie是胸部有毛的洋番；在Archie眼裡，阿Q是不折不扣的「中佬」（Chink）。若兩人爭辯起來，Archie會對阿Q說：「剪掉你腦後的豬尾巴，然後找一份正當的工作吧！」而阿Q則會回斥道：「中國地大物博，開化最早，道德天下第一；外國物質文明雖高，中國精神文明更好；外國的東西，中國老早就有了。」不過今非昔比，二十一世紀的Archie和阿Q說不定會相濡以沫而成為難兄難弟。讓我們想像開著二手國產車的阿Q前去接待來台觀光的Archie：

阿奇：台灣公路太小，車子太多。

阿Q：是沒錯。你們美國公路多又寬廣，可惜車子太少，也是浪費。

阿奇：說得也是。前面那一輛朋馳怎麼開得這麼慢？

阿Q：媽的！把朋馳當牛車開。

阿奇：朋馳有什麼了不起，維修那麼貴。

阿Q：就是嘛，維修的錢就夠你養個情婦了。

阿奇：你可以再說一次。

阿Q：車子再好無啥路用，重要的是開車的人。

阿奇：那你就超車給他瞧瞧，讓他吃點塵土。

阿Q：看我的！

阿Q加緊油門，與朋馳並行。

阿奇：（對著朋馳的主人大吼）你以爲開朋馳就了不起嗎？沒有種還
　　　敢上路！

阿Q：（同上）對啊，少一顆卵蛋還跟人家開車。

阿奇：我們一齊比中指給他看。

阿Q：好啊！

兩人對朋馳比中指後，阿Q超車成功。

阿奇：我們這樣大吼大叫他沒聽到吧。

阿Q：放心，窗户是關著的，他聽不到。

阿奇：那就好……

　　　阿奇與阿Q混爲一體會是什麼德性？答案或許是：人類的德性。
我想每個人或多或少都有點Archie Bunker，都有點阿Q。若有些知識
分子以爲他們與阿奇和阿Q無緣，他們應該多看伍迪・艾倫（Woody

Allen）的電影。這位自編自導的天才老是在電影裡把自己形塑成一名神經兮兮、極端敏感的知識分子，雖然是上層社會的文化人，但他所患的被迫害妄想症與中低階層的阿奇與阿Q的病徵如出一轍。於《安妮・霍爾》（*Annie Hall*）裡，戲裡的他對安妮如此抱怨：

> 我對他說「How are you?」那傢伙回答「Fine. And you?」這沒什麼不好的，對不對？可是我注意到他故意把and的d和you的y合起來講，變成「And Jew ?」這不是在笑我是猶太人是什麼?!

　　草木皆兵、人人負我──如果這樣過日子是很累人的。
　　要是哪一天我走進便利商店，聽到店員機械性的「歡迎光臨」，便懷疑他故意把「光」字拉長，有意取笑我的禿頭，我就不只是Archie，不只是阿Q，也不只是Allen。
　　我是三位一體。

好萊塢十大

　　我這一輩子不知看了多少部好萊塢的電影，年輕時去電影院看，年長後在家看，虛擲不少金錢與時間之餘也有點點滴滴的收穫。收穫有正有負，正負兩面都直接影響了我劇本的寫作：正面提示我「劇本可以怎麼寫」，負面警惕我「劇本可以不那樣寫」。好萊塢最具魅力之所在是它擅於情感的挑逗與慾念的撩撥——就此點而言，我們不得不佩服它抓得住基本的人心和人性。反過來說，它的長處正是它的短缺，因為它所刻劃觸及的層面經常是那麼的粗糙膚淺。

　　本文想與讀者分享的是我心目中的「好萊塢十大」，不是十大好片或芭樂片，也不是十大明星或票房排行榜，而是十大疙瘩；直言之，就是讓我極為不爽的對白或畫面。疙瘩多樣，有的會掉落滿地還鏗鏘有聲，有的會讓我得疝氣，有的則只是讓我莫名地稍有不適。事先聲明，我的疙瘩不一定是你的疙瘩，人人有他的疙瘩，有他心目中的十大。還有，我的疙瘩有時毫無統計根據，且十大的排序亦不遵照疙瘩的大小多寡或腰腹疼痛的指數來按序寫出。以下意到筆到，從一個疙瘩隨意跳到另一個。

　　想到疙瘩，就想到鼓掌。我想到的不是隨意的鼓掌，而是具有分量、如雷貫耳的雙手合十。它是典型的好酒藏甕底，只出現在電影結

束前三分鐘的高潮戲。試想一部片長一百分鐘的電影，主角（男女不拘）在前九十分鐘的行徑令其他人物不敢苟同：他可以是雖千萬人吾往矣式的「好人」，秉其對正義的信念，獨排眾人的非議；他也可以是一切為己的「壞人」，在騙得其他人物團團轉之後突生良心，偏偏不巧形跡敗露於信眾。電影即將收尾，高潮來了，主角當眾發表一段藉以扭轉形勢的告白。告白台詞精采可期，講完之後，現場鴉雀無聲三秒，主角正納悶「陪審團」的決議為何之時，突然有一人起立鼓掌。公式規定只能有一個人，再多就不夠戲劇化了，而且他拍手的方式一定先得慢節奏，二秒拍一次，每一次要用盡吃奶的力量，然後逐漸加快，再加快。最後，受到氣氛的感染，在場的全體同時起立鼓掌，歡聲雷動，音樂跟進，普天同慶，The End。每回看到這種高潮戲時，我都不禁在心中暗叫「完了，又來了！」我繃緊神經，奮力祈禱：「拜託，要拍手麻煩大家一起拍！」但是沒辦法，總是有個二百五會自個兒先拍，沒辦法，導演硬是要我起疙瘩。

再來就是無聊的雙關語，最常見於動作片。我們都知道，動作片的明星大都不會演戲，他們的台詞萬萬不能太長，如果明星的母語不是英文（例如魔鬼阿諾、李連杰、周潤發、成龍），最好台詞得維持在三、四個字以內。果真交給這些明星大段台詞，他們必然會說得停停頓頓、離離落落；果真奇蹟出現，台詞讓他們練得很順溜時，情況更慘，因為沒人聽得懂隻字片語。我猜，於動作片前製作時期，製片大人與編劇奴工通常會有如下的對話：

大人：目前為止，情節屌斃了；高潮迭起，動作連連。

奴工：謝謝大人。

大人：但是主角的對白要加強。

奴工：加強？！

大人：你不能整部片子只讓主角講「I'll be Back！」「I'll kill you！」「Fuck you！」「Fuck me！」這些廢話。

奴工：沒辦法，你也知道這些明星，只要台詞稍長一點就會舌頭打結。

大人：所以啊，你要加一點幽默，讓這些白癡至少看起來還有點智商的樣子。

奴工：幽默？

大人：沒錯，幽默。但別忘了台詞的最高指導原則：要短，要很短。

　　這真是對編劇奴工的天大挑戰——要這些豬頭三用語言表現幽默比教一隻懶豬自己洗澡還難——但身為奴工，由他不得。就這樣，充斥於動作片裡超冷極冰的笑話於焉誕生，大量複製。隨便試舉兩例。例一：主角是老闆，壞人是員工，員工謀叛老闆未果，最後被老闆塞進工廠的火爐裡活活燒死。這時主角會說：「You are fired.」例二：主角是警探，壞人是瘋狗殺手，兩人決戰於鐵軌上，瘋狗不敵，整顆頭被急駛而過的火車順便帶走，身首異處。事後趕來的同伴問主角殺手怎麼啦，主角低調地回說：「He lost his head.」

　　疙瘩三：垃圾對白，即英文所謂的「trash talk」，最常見於兩人

拍檔的動作喜劇片裡，如《致命武器》（*Lethal Weapon*）、《尖峰時刻》（*Rush Hours*）、《絕地戰警》（*Bad Boys*）等系列電影。通常在第一集裡，兩位主角的你來我往很來電也很逗趣，然而到了第二集之後，廢話如垃圾般不斷滋長蔓延，甚且多過動作，讓人不勝其煩。記憶中，《致命武器》第三集最無聊的互動莫過於「on three」的那一段：

白人：等一下我數到三（on three），我們一起衝出去。

黑人：好！

白人：One，two……

黑人：等一下！你是說你數「三」的時候，還是數到三以後？

白人：我說on three！

黑人：On three？One，two，three？

白人：對，on three。準備囉！One，two……

黑人：等、等一下！所以是「正三」，還是「三之後」？

白人：你到底是哪裡聽不懂？我說「on three」嘛！

黑人：On three？

白人：對啦，on three。來！One，two，three！

　　聰明的觀眾已經猜到了，結果當然是白人先衝出去，黑人在「三」以後才趕緊跟進。垃圾對白原本可以很「cute」，但於此就太「cute」了。每況愈下，《致命武器》到了第四集已經是集垃圾之大成。無獨

有偶，《尖峰時刻》第二集也是垃圾氾濫淹及腰際，而《絕地戰警》第二集更是乏善可陳，垃圾以排山倒海之勢傾洩給觀眾。面對過甚的垃圾，我不知別人的容忍寬度如何，但我發誓，下次要是在電影院裡聽到「I'm too old for this shit.」此類的台詞，我會失控尖叫，要求退票。

沒有一位好萊塢的編劇比昆丁・泰倫提諾（Quentin Tarantino）更擅長經營垃圾對白。他的成名作《黑色追緝令》（*Pulp Fiction*）足稱垃圾對白之經典，亦是化垃圾為藝術的成功範例。這部於一九九四年得過編劇大獎的電影，卻於隔年被眾多好萊塢的編劇奴工們票選為「年度最被高估過譽的腳本」，原因是保守的他們寫慣了言之有物的對白，無法認可一部言不及義卻滔滔不絕了一百五十多分鐘的長片。看過這部電影的讀者應該忘不了山繆爾・傑克遜（Samuel Jackson）所飾之黑道殺手會於開槍前如儀式般地引用《聖經》為將死之人唸誦悼文。諸如此類的垃圾對白俯拾皆是，為全片之肌理，亦為其神髓：

吉米：我不是玉蜀黍，你可以不必塗奶油討好我。我不需要你告訴我我家的咖啡多好喝，咖啡是我買的，我當然知道多好喝……

朱力：吉米——

吉米：我在講話。我問你一個問題，朱力。當你開車到我這，有沒有看到外面有告示牌上面寫著「專收黑鬼屍體」？……我還沒講完！你難道不知道如果邦妮回家，然後發現家裡有一具屍體，她會跟我離婚的。沒有婚姻諮詢，沒有暫時分居——就是他媽的

離婚。我和邦妮上一次談到離婚的鳥事就是我和邦妮最後一次談到離婚的鳥事。我想幫你，朱力，我真的想，但是我可不願因為這樣失去我的老婆。

朱力：吉米──

吉米：不要操他媽的「吉米」長「吉米」短的，我不是那麼容易讓人「吉米」的。（Don't fuckin' Jimmie me, man, I can't be Jimmied.）

超快的節奏、同一語詞句法的重複再重複、專有名詞當動詞及被動詞使用等等，不但表現了編劇對語言的高明戲耍，更呼應了全片迴旋式的敘述結構。泰倫提諾把語言玩開了，而且玩出新的境界。垃圾對白未必是瑕疵，它有如語言鍊金術一般，有無限的可能，也有無限的陷阱。高明的編劇遊戲它，等而下之的被它遊戲；上焉者點石成金，下焉者點金成屎。

疙瘩四、五、六純屬私密性的過敏，別人未必感同身受。首先，就是我對「recap」（重述）式的對白深惡痛絕。比如說，主角甲因被主角乙拖累而經歷了危機重重的冒險。差不多在電影中間，主角甲一定會來上一段「以上要點重述」的抱怨，如：「自從認識你以後，我被追殺、被槍擊、掉落河裡、跌進水溝、被迫倒立及青蛙跳、被迫脫光衣服，還差一點被侏儒輪暴……」這種對白並無本質上的缺失（沒人規定不得如此寫），但若一再被複製而淪為編寫公式就了無興味了。

再來就是「好消息與壞消息」（good news and bad news），通常不出如下的模式：

甲女：你到底有沒有幫我打聽到那帥哥的底細？

乙女：當然有。

甲女：結果呢？

乙女：好消息跟壞消息。

甲女：到底怎麼樣嘛？

乙女：好消息是他不是gay。

甲女：太棒了！

乙女：先別脫褲子，壞消息是他是神父。

美國人給消息特愛賣關子，我只能投降。問我它惹到我哪一條神經也說不上來，總是覺得囉唆瑣碎。我曾於作白日夢時幻想出一段「我與好萊塢」的對話：

好萊塢：那部片子在台北賣座如何？

我　　：好消息跟壞消息。你要先聽好消息還是壞消息？

好萊塢：當然是好消息。

我　　：好消息是電影上片期間，整個台北市「萬人空巷」。

好萊塢：好極了！

我　　：壞消息是大家都回南部掃墓去了。

好萊塢：那南部的成績應該不錯囉？

我　　：也是好消息跟壞消息。你要先聽好消息還是壞消息？

好萊塢：那就先聽壞消息吧。

我　　：南部的戲院也是門可羅雀。

好萊塢：那好消息呢？

我　　：我們打了好多隻麻雀，把牠們烤來大吃一頓。

　　最後，也就是疙瘩六，我最怕聽到的一句對白就是「We've got to talk.」──「咱們得談談。」常看好萊塢電影的觀眾一定會覺得美國人眞能「talk」，沒事就說「能否借一步說話？」（Can I have a word with you？）有時還追加個「私底下」（in private）。這種台詞最常見於刻畫夫妻關係的電影，通常是不滿的一方對另一半說「我們需要談談」。美國夫妻果然能談，談到離婚比例居高不下。我對這句對白之所以過度敏感是有私人因素的。過去曾經提及，我太太是半個ABC，講起話來美腔美調的。平時，我們相安無事，沒有啥事值得坐下來好好一談的。（在我的習慣裡，要talk就直接talk，不必先來個後設的「We need to talk」。）但是，有時我打牌到凌晨兩三點才回家，好不容易幾近無聲地打開大門，躡手躡腳地走上樓梯，突然從黑暗的客廳角落傳來一句陰幽的「蔚然，we need to talk。」每次都嚇出我一身冷汗、兩腳微顫，經驗告訴我：這下子不是一兩句「I'm sorry. I'm sooooo very, very sorry.」可以解決的局面，不管我「so」拉得多長或多加了幾個「very」。（各位讀者想必正暗忖，我太太怎麼可能容忍這種行徑二十多年？大家放心，她天天都在想這個問題。）

　　疙瘩七是鯊魚式的節奏。我曾如此暗忖：莫非史匹柏執導的《大白鯊》（Jaws）就是運用好萊塢的資金、好萊塢的手法，藉以自我反

射地諷刺好萊塢？莫非《大白鯊》這部電影本身就是一隻大白鯊？說真的，將好萊塢比作鯊魚再貼切不過，因爲兩者IQ都不高，腦部的容量和飛禽類的不相上下，且兩者都是嗅覺敏銳的掠奪者，有「好康」的絕不錯過。好萊塢和鯊魚還有一項類似之處，和疙瘩七大有關係。眾所周知，鯊魚必須在水中不斷向前游進，否則就有沉沒海底之虞。好萊塢的節奏即是鯊魚的節奏，它停不下來，也不敢停下來，深怕不動就代表死亡。曾經有人統計調查，一九八○年代好萊塢電影畫面平均每十秒鐘切換一次，但到九○年代以後，跳接的頻率已經縮短至五秒了，意味著節奏有愈來愈快的趨勢。爲了證實，我昨天特地在電視機前小小測試一番。我看了一部B級電影，片名不詳也不值得記，其中有一個發生在酒吧的場景，牽涉兩名男子的對話。我邊計時邊算數，結果發覺在四十幾秒的短戲裡，鏡頭總共切換了十八次！

　　不但畫面要動、情節要動，人物也得動──此爲好萊塢的基本教義。例一：在法院裡，有要事相商的律師甲追上前方的律師乙。通常律師乙不會因事情的嚴重性而停下腳步，因此律師甲只好亦步亦趨，邊走邊談。人物在動，攝影機跟著在軌道滑動，再加上來來往往的路人甲乙丙丁戊，好不熱鬧。例二：太太正在廚房，剛偷腥完的丈夫回家，假意心虛地問老婆今天過得可好。心知丈夫有外遇、情緒跌落谷底的太太冷漠地回道：「有什麼好的？」接下來兩人開始「talk」，但絕少坐下來談。導演處理的手法力求生動：兩人對質的過程裡，太太手上的工作未曾停歇，一會到冰箱拿食物，一會在櫥櫃裡拿香料，一會在餐桌拌沙拉，一會又回到水槽邊切菜，而丈夫就像跟屁蟲一樣如

影隨形，跟著她走到冰箱、櫃子、餐桌、水槽。演員演起來很累，我們看得也很累。相較之下，台灣的電影有一陣子是打死都不動的，畫面不動、人物也不動，有時甚至沒有對白、亦無音效，除非你是研究電影、刻意在「死寂」中考掘美學的專業人士，否則是會看出病來的。

動或不動，那是個問題。疙瘩八是連帶著七而來的。好萊塢的電影當然不可能永遠在動，它也有停歇的時刻。一旦一切靜止——攝影機不移動、畫面不跳接、人物不走東走西——豹尾式的對白就來了。所謂豹尾，借自傳統戲曲編劇手法講究的「龍頭、虎肚、豹尾」，在此意指有勁道、透露休止訊息的對白。因為它大半出現在一場戲的結尾，因此亦可稱之為「場景終結者」（scene cutters）。疙瘩七之例一裡，接近收尾時，在其中一位律師講了重話後雙方會同時止步：

律師甲：如果沒有協商的空間，到時候我不客氣你別怪我。

律師乙：放馬過來，咱們法庭見！（Give your best shot. I'll see you in court!）

同理，例二那對夫妻的場景裡，靜止的時刻也就是攤牌的關鍵。較為溫和的豹尾是：太太突然放下手裡的菜刀，冷靜地看著丈夫說：「我要離開你！」較為麻辣的豹尾是，太太一手緊握著菜刀，激動地盯著丈夫的胯下說：「你在哪裡背叛我，我就在哪裡找回公道！」豹尾式的對白例子之多可信手捻來：

A：What the hell is "the Rock"?

B：The information is given on the need-to-know basis, and you don't need to know. （資訊的提供是立基「需要知道」的原則上，而你不需要知道。）

A：I know it's none of my business, but I think you shouldn't have done that.

B：You are right. It's none of your business.

A：I thought you said you wouldn't kill me.

B：I lied.

A：I didn't expect so much trouble. It was supposed to be a walk in the park.

B：Things change. Shit happens.

　　從以上四個例子可以察覺，B的台詞帶刺而不懷善意，而飾演B的演員最大的任務——除了賣乖搶白使A閉嘴以外——就是耍酷。讀者或許會問：「耍酷有何不好？你的疙瘩也太多了吧。」我可以套用一句有關流行服飾的名言反問：「如果大家都在耍酷，還有誰是真正的酷？」如果好萊塢的對白得句句帶刺，那玫瑰也未免太多了吧？

　　疙瘩九是暴殄天物。這一項純屬雞蛋裡挑骨頭，藉此表達我高超的人道關懷。只要電影的場景發生在餐廳裡，我一定專心注意電影裡的人物有沒有把盤子裡的食物清光。答案是，幾乎一次都沒有，除非演員飾演的剛巧是一個餓鬼或飯桶。更嚴重的情況是，在很多場戲

裡，劇中的人物只顧講話而不動刀叉，甚或剛點的佳肴還未上桌之前，人物就離場了。每回看到這種場景，我就擔心：待會東西來了沒有人吃怎麼辦？菜上了沒有人付錢又該如何？認為我杞人憂天的讀者下回麻煩瞧個仔細，你必會發覺好萊塢是最會浪費食物的犯罪集團。如果將默片時代一直到現在的食物統統儲存集結起來，數量一定甚為可觀，可以餵飽一個鬧饑荒的國家。

最後一個疙瘩是「你知道」。好萊塢電影對白最常聽到的口頭禪就是「you know」。如果對照人生，它的氾濫情由可原，因為美國人日常講話也是「you know」個不停，而且滿嘴「你知道」的人絕少意識到他滿嘴「你知道」。「You know」其實不應逐譯為「你知道」，它是虛詞、毫無意義，只是講話的習慣，如美國青少年口中的「like」或台灣年輕人嘴裡的「然後」。不過，「you know」雖屬贅語，卻不可小覷，它於美國編劇史上具有革命性的地位。從十九世紀末至二十世紀中這段期間，諸如「you know」此等無意義、零養分的廢話不可能大量出現於戲劇文本的對白裡。這一時期的劇作家（如易卜生與史特林堡）崇尚的是饒富詩意的對白，深信過多俗話虛詞會削減語言的張力。他們的劇本雖以「白話」經營，卻仍講究用字之精簡、意象之綿密、象徵之厚度，以及結構之工整。以美國為例，歐尼爾（Eugene O'Neill）正是抒情語言傳統的繼承人兼守護者。即使到了米勒（Arthur Miller）與威廉斯（Tennessee Williams）發跡的一九四〇、五〇年代，戲劇對白仍未真正脫離正統的規範，雖然兩位作者都意識到工業資本社會對抒情語言的衝擊。一直要等到一九六〇年代以後，

美國戲劇的語言才逐漸「解嚴」。新一代的編劇家（舞台的及電影的）發覺先前的「語言美學」太過制式，太過布爾喬亞，為了使對白更貼近生活，他們轉而在不能登大雅之堂的粗話俚語中尋找靈感。就說話的節奏而言，他們相信：體驗越深，越語無倫次。經此一認知上革變，戲劇的對白從此避重就輕、捨雅致而取樸拙。從此，結結巴巴取代了口若懸河，出口成髒僭越了出口成章；從此，原本被視為輕佻，甚至是禁忌的口語，如「you know」、「uh huh」、「well」、「shit」、「fuck」等等，儼然變成寫真對話不可或缺的重量級字眼。可想而知，這些編劇家離易卜生或歐尼爾的年代遠矣，若純就語言的層面將他們與莎士比亞相比，兩者之差距幾乎可以光年計算。莎翁筆下情文並茂的經典名句，他們或許寫不出來，或許是不屑寫來。以《哈姆雷特》舉世聞名的台詞為例：

哈姆雷特：要活，還是不要活，這才是問題：哪一樣比較高貴——在內心容忍暴虐命運的弓箭弩石，還是拿起武器面對重重困難，經由對抗來結束一切？死去——睡去；如此而已；假如一覺睡去就結束了內心的痛苦，以及千千萬萬種肉體必要承受的打擊：這種結局正是求之不得。死去，睡去；睡去，可能還會作夢——對，這才麻煩。

如果硬要好萊塢的編劇以同樣的命題寫出一段既寫實又生動的台詞，他們首先會將主角的身分從王子降格為黑道大哥的獨子，將「哈

姆雷特」（Hamlet）這個名字改成綽號「火腿」（Ham，於英文亦有小丑之意），然後將情境設定為「吸毒過量，產生幻覺」，否則無法解釋他怎麼會有那麼多囉哩叭唆的念頭，最後寫出如下的台詞：

火腿：呼吸，還是葛屁，you know，是個問題。什麼比較，well，高貴？是他媽的，you know，容忍命運給你的shit，還是，fuck，拿起烏茲槍，噠噠噠噠的一了百了？葛屁——睡覺，you know，還不是一樣？如果，I say，如果，一覺不起就結束所有的痛苦，內心的還有肉體的，那他媽的求之不得。葛屁……永眠；永眠可能還會，you know，作夢。靠，這下子就麻煩了。

　　如此誇張是為了凸顯好萊塢編劇奴工書寫對白的調調。運用虛字、俚語、髒話的原意是為了觀照現實、貼近角色身分，但若毫無節制的使用導致氾濫，則「you know」已淪為阻礙創意的公式了。每次聽到從電視機傳來源源不絕的「you know」，我總會情不自禁對著螢幕喃喃：「No, I don't know.」

　　以上就是我的十大，不知有幾個湊巧吻合你的十大？忘了問，你心中可有十大？

　　如果大部分的讀者對好萊塢無啥疙瘩，縱使有一些也還不至於降低看電影的樂趣，那關於我的十大，只有一個結論：我真的，you know，看了太多太多的好萊塢了。

　　如果我的疙瘩觸動了有些讀者的疙瘩，甚至提醒你們曾經有過但

未意識到的疙瘩，那我的十大沒有白寫。而且，看完此文，如果，I say，如果，有人想鼓掌，拜託拜託，要鼓麻煩大夥一齊鼓。謝謝。

黑白顛倒看

「XX是文化的櫥窗，一個國家文化水準的高低與XX的素質成正比。」求學期間，我們常會在政府文宣或官樣文章裡讀到這句說了等於白說的開場白。雖然是廢話一句，但我們如果把它當作填充題來玩還蠻有趣的。你可以選擇作個好學生，將XX換成「電影」、「詩歌」、「戲劇」、「小說」、「建築」、「音樂」、「美術」等等；你也可以選擇作個壞學生，故意回答「吐痰」、「三字經」、「打嗝」或「當眾放屁」之類的反話。今天我想作個好學生，在空格裡填上「電視」兩字，和大家分享一些我獨自創獲的心得。

人人都說台灣的電視不能看，偏偏大家都在看；此為電視台對於外界批評一概不予理會的最大主因。我就是典型的「矛盾觀眾」，縱使對它深惡痛絕，可是只要得空坐在沙發上，第一個動作就是抓起遙控器打開電視，然後從第一個出現的頻道開始瀏覽，一百多台全不錯過，最後回到原點，決定關機。我彷彿是貝克特筆下《等待果陀》裡的小丑，在等待永遠不可能出現的好節目。即使只是瀏覽，整個過程仍然得花上二、三十分鐘，因為我是那種會與電視對話的觀眾，一旦看到值得開罵的節目，我會仔細端詳個三、四分鐘，然後喃喃嘟囔著國台語三字經或英文「四字經」（four-letter words），回敬侮辱智商的

螢幕垃圾。千萬不要跟我一起看電視，除非你也有開罵的癖好，有意和我組個國罵二重唱，最好人多一點，還可以湊成一隊合唱團。美國民謠歌手Arlo Gutherie於〈艾麗絲的餐廳〉（*Alice's Restaurant*）這首反戰長歌裡說得好：很多看似荒誕的行為，如果只有一個人做，別人自然當你是瘋子；如果兩個人做，別人會覺得你們在談戀愛；如果三人以上一起做，外界便不敢等閒視之，以為這是一個組織，一項運動。

一言以蔽之，觀眾與電視的關係正是被虐與施虐的情結。雙方玩著Ｓ／Ｍ的遊戲：電視的鞭子一抽，我們既痛又爽的三字經即脫口而出。我從中悟出了一個道理及因應之道：我們不必永遠處於被虐的一方，可反客為主回抽電視一記，把電視「黑白顛倒看」，把「節目」當成「廣告」，將「廣告」當成「節目」。如此一來，節目在做什麼，廣告在賣什麼，對我們都是罔然無效。電視要賣的我們不買，我們要買的他們沒賣。

一切端賴視角的修正。

看到一齣老是哭哭啼啼的連續劇，我確定它是在賣眼藥水。如果劇中人物每因情緒激動就咚咚下跪，它八成是在賣護膝。青春偶像劇裡未曾受過正統表演訓練的男女演員，唸起台詞來好像缺了門牙似的氣音兼漏風，我敢斷言這些所謂的戲劇節目應是牙醫公會自製的「補牙宣導片」；當然，它們也可能在廣告專治哮喘的特效藥也說不定。至於那些獨樂樂而非眾樂樂的綜藝節目，依我長期的觀察，其實是某精神療養院花費鉅資、包下時段、不惜工本所製作的推廣長片。

　　政論脫口秀販賣的絕對不是觀點，而是厚黑學。正因為其中的名嘴政客得理不饒人、理虧不認帳，如兇殘野獸般地捉對廝殺，這種節目也有在為「動物頻道」打廣告的嫌疑。若真要正名，脫口秀應改為「文化櫥窗穿幫秀」。我個性保守，不喜Ｓ／Ｍ的遊戲，因此對政論節目敬謝不敏。不過，有一次不經意看到某一收視率頗高的政論脫口秀，其中一集其荒謬爆笑的程度讓我驚覺：莫非台灣最精采的情境喜劇已然存在於這種沒有編劇、無需劇本的口水節目？那一次，幾個來賓照例為了一個假議題而爭論不休，其中代表某政黨的立法委員突然狗嘴吐出了象牙，出口成章說了一句成語。可惜他說錯了，將「愛屋及烏」講成了「愛屋及鳥」。此話一出，討論雖然持續進行，但節奏時斷時續、忽急忽緩，不如先前順暢。原來，接著發言的主持人及來賓受到「愛屋及鳥」的干擾，導致雜念紛至沓來，一時說話結結巴巴。雖然大夥表面上都一本正經，但我完全聽到了每個人沒有說出的內心獨白（且以「ＯＳ」為示）：

主持人　　（ＯＳ）：是「愛屋及鳥」嗎？該不該糾正他呢？到底是……
同黨主委（ＯＳ）：怎麼會是「愛屋及鳥」呢？不是「愛鳥及鳥」嗎？
敵黨主委（ＯＳ）：果然是沒有水準的政黨選出來的立委，簡單的一句
　　　　　　　　　　　成語都給他講反了，明明是對仗的「愛屋及鳥，恨
　　　　　　　　　　　屋及鳥」嘛！

　　我敢打包票，除了首先說出那句成語的立委，在場的主持人及所

謂的社會菁英下節目後所做的第一件事，就是去買一本《成語大全》。

至於電視新聞節目，其廣告意味就更加濃厚了。首先，它活像一部新聞局製作的社教短片，以負面的方式示範什麼叫做亂整惡搞；再來，它廣告的項目五花八門，如槍械大展、西瓜刀七十二用、完全自殺手冊、毒品百科全書、搖頭派對Let's Go、殺人越貨入門、逃亡路線指南（各文具店均有出售）、暗渡陳倉的技巧、抓姦在床的訣竅……凡是一般人平時不敢做的事，它都能兼顧理論與實踐，示範教學。所謂秀才不出門，幹盡天下事。

在電視新聞的所有片段裡，我最激賞的「情境喜劇」是SNG連線的現場訪問。有一陣子，我感嘆電視媒體記者的水準奇差無比，似乎只要懂得四句成語——「斷垣殘壁、滿目瘡痍、情何以堪、不勝唏噓」——就有資格報導任何天災人禍。後來，我才知道自己錯了。這些記者確實有一兩手，不但能從受訪者口中挖出重要訊息，還能於一問一答之間跟他們大玩腦筋急轉彎。例如，馬路上出了個大車禍，我們在螢幕上看見一名記者拿著麥克風，對著鼻青臉腫、躺在擔架上的當事人迫切地問道：

記者：這位先生，車禍當時的感覺怎樣？
苦主：很可怕。
記者：是的，那當時的心情如何？
苦主：很害怕。
記者：是的，那現在的心情如何？

苦主：怕怕。

記者：是的。那發覺自己受了重傷，感覺怎樣？

苦主：很痛。

記者：是的。那發覺很痛以後你怎麼辦？

苦主：哀哀叫。

記者：是的。你可以模擬一下你怎麼哀哀叫的嗎？

苦主：哎喲哎喲！

記者：謝謝你的真情告白。

以上雖是我胡謅的對話，但千萬不要以為台灣記者的水準沒我們想像的那麼低落。幾年前，我曾於電視上目睹一群記者追問著剛被判定死刑的罪犯：

記者：你現在的心情怎樣？

罪犯：……

記者：你有沒有後悔做了那件事？

罪犯：……

記者：你有什麼話要對死者說的？

罪犯：？！！！？

記者：你對社會大眾有什麼話要說的？

罪犯：……

記者：各位觀眾，罪犯的沉默顯示了他現在仍無悔悟之意。我們的社

會、我們的道德教育，到底出了什麼問題呢？

我更想問的是：我們的新聞教育到底是出了什麼問題？如果有一天，螢幕上出現了如下畫面，我一點都不會訝異。一名記者煞有介事的訪問一個身首異處的死者：

記者：死者先生，你目前的心情怎樣？

死者：……

記者：從你的沉默看來，八成是心情很差的囉？

死者：……

記者：你的頭現在在哪裡，你知道嗎？

死者：……

記者：不知道喔？各位觀眾，從以上死者的沉默可以看得出來，死者過於悲痛，已經無言以對了。哀莫大於頭斷，真是令人不勝唏噓啊！

我所想像對話不免誇張，但以台灣新聞節目沉淪的重力加速度來預測，它的發生並非完全不可能。

電視觀眾一貫的抱怨是廣告太多，影響了他們欣賞節目的情緒與節奏。然而，我卻嫌節目既多且長，廣告過少又短：每隔十五分鐘才等到稍縱即逝的兩分鐘。我的道理很簡單：豬羊變色。在我「黑白顛倒看」的策略裡，所謂的節目其實是小菜，人們厭之惡之的廣告才是

主食。以下效仿好萊塢電影,將廣告以型態分類。

有些廣告走白癡路線,屬「阿呆與阿瓜」式的喜劇片。話說有兩個美國人,一個穿牛仔裝,另一個著原住民服。他們在台灣到處問路人怎麼去西雅圖和休士頓,最後才頓悟到,或許航空公司才是他們該前往詢問的地方。這齣喜劇暗藏了一個始終未解的懸疑:阿呆與阿瓜是如何流落至台北街頭的?難不成他們騎馬渡海而來?再舉一例。高中校園裡的某個中午,突然傳來兩個男生嗚嗚啊啊的怪叫,許多同學為之駐足傾聽,納悶他們究竟是便祕、拉肚子,或是在大搞禁忌遊戲?懸疑隨即破解:原來是阿呆與阿瓜正在吃速食麵,又辣又過癮。各位讀者,你會想吃讓你聯想到便祕、拉稀或叫春的速食麵嗎?我肯定不會。哪天要是我和太太一起買了那家的速食麵,再聯袂坐上那家航空公司去西雅圖或休士頓,那我們不就成了阿呆與阿瓜了嗎?

另外有一些廣告則喜好耍弄特效,類似艾迪‧墨菲所主演的「隨身變」系列電影。所有的化妝品、洗髮精,以及其他可以讓人成為後天美女的產品,大致屬於此一類型。試問:化妝品廣告怎麼個拍法?假設某化妝品公司要廣告美白乳液,他們會找一位臉蛋天生白皙的女子來為產品代言。但,且慢,有關美容的廣告通常免不掉「之前vs.之後」的俗套。因此廣告公司得先將代言人的面皮抹黑,特寫使用前沾滿汙垢的苦瓜臉,然後再洗盡鉛華,還女子的本來面目,展現使用後的神蹟奇效。這種以變妝特技取勝的廣告,往往傳達了一個自我解構的訊息:代言人的天生麗質與產品幾乎毫無關係。同理,洗髮精的廣告也是如法炮製:將原本亮麗柔順的頭髮灑上太白粉再塗點豬油,此

為「之前」；再用洗髮精（一般的牌子即可，並不一定要代言的產品）清洗數十遍，哇啦！果真閃閃動人，此為「之後」。這種兩段論式的戲劇手法，以最粗俗的話語形容，就是脫褲子放屁，多此一舉。

這一類型的廣告裡，最讓我恨得咬牙卻又躍躍欲試的產品是生髮劑。理智告訴我，這想必又是「之前vs.之後」的特效使然，但內心卻深切期盼世上真有奇蹟神藥。每當我因為廣告燃起購買慾望時，全賴太太的及時提醒：「省省吧，用麥克筆塗黑還比較快。」

至於洋酒廣告，則都是以「成功」為主題的勵志片。君不見滿嘴洋文、在戶外以真人下西洋棋的兩位高等亞裔人士，最後輸家向贏家奉上了一瓶好酒？看到這種廣告，我最直接的反應是：如果喝了這種好酒就代表取得社會地位，並且養成雅痞吱歪德行的話，我寧可戒酒。廣告為何常常侮辱潛在的客戶？這一點我永遠搞不懂。最近有個汽車廣告，裡面的人物各個洋洋得意，因為有人畢業了、有人升官了、有人要作爸爸了；他們看著將要購買的新車，竟情不自禁地將頭部緊貼於車窗，導致每個人的額頭紅通了一塊，有點發炎的跡象。這到底是賣車的廣告，還是一部意在諷刺戀物癖的左派電影？除了貨車以外，出現在台灣電視螢幕的汽車廣告大都在訴說一段充滿異國情調的旅程。不知各位是否注意到，進口車在蜿蜒山路裡風馳電掣的畫面大都是在國外取景？這些廣告似乎在訓誡我們：好車可以買，但不宜在台灣開。最後，既然所有酒類廣告都會附上「喝酒不宜過量」的警語，我覺得所有汽車廣告也應繫上一條道德勸說的尾巴：「開車要走正路，切忌開往鳥不生蛋的沙漠或坑坑巴巴的山區。」

還有其他很多類型，無法一一細述，只能概略介紹。

有些廣告活像「婚姻／家庭失調」的PG級電影。想必沒人忘得了，那個嬌妻因花瓶被丈夫打破而突變成晚娘的恐怖嘴臉。觀眾都在想：那不過是仿宋的贗品嘛，有那麼嚴重嗎？再買一個不就得了？最令人受不了的，是那種一旦媽媽病倒，全家便陷入癱瘓的廣告。廣告裡的那位丈夫如果真的如此沒用，早就該把他給休了！每次看到這種「家庭倫理劇」，我都誤以為是某「離婚事務所」的廣告，深深打動我的心弦。有的廣告因為吟唱著孤寂的哀歌，看得讓人陣陣心酸，以液晶電視機的「單身男子偶像劇」最為典型。一名年輕男子孤家寡人地生活在一間布置極簡的屋子，沒有愛人、家人，也沒有朋友，為了驅遣寂寞，只能不斷變換電視機擺設的位置。

最後，還有一種可歸類為「殘酷劇場」的廣告。一對高齡夫妻為了搶奪一包零嘴，老夫把老妻推倒於地，老妻又將拄著拐杖的老夫絆倒，還趁機沒收他的假牙。如果這則故事以動畫呈現，可能還會有幽默的效果，但真人演出卻讓人看了大興「人心不古」之嘆。心地善良的我總是不免擔心：要是骨折，甚至中風，那可怎麼辦？第一次看到這個廣告時，我立即聯想到一則有關「劉姥姥看足球」的笑話：她始終感到這麼多人爭奪一顆球太過殘酷，為何不每人發一顆呢？我的想法和劉姥姥一樣，也納悶著為何只有一包零嘴，為何不來兩包，才不會導致夫妻反目？

我對廣告的基本認識，可以下面一則親身經歷的小插曲來闡明：

我　　：這玉蜀黍甜不甜？

小販：很甜很甜。

我　　：哎，可惜。我要買的是不太甜的那種。

小販：其實也不太甜。

　　廣告就是騙人的藝術，其終極目的就是兜售商品。但它絕對不只是廣告商品的商品。說「廣告是文化的櫥窗」絕非虛言。從「不要羨慕我烏黑亮麗的頭髮」、「妳也可以晶瑩剔透」、「因為我值得」，到「喜歡，爸爸買給你」，一直到「刷卡借錢被抓進瘋人院」的演變來看，台灣的政經文化確實已從一九九○年代初期的病態自戀、超級自大，淪落至苟延殘喘又一天的慘境。也只有在這種苦哈哈的年代裡，銀行才膽敢在螢幕上大言不慚地自稱是我們「最麻吉的朋友」。事實上，如果可以勉強度過難關，大部分的人寧可餐餐喫麻糬也不願跟地上錢莊搞麻吉。

　　舉個和意識形態有關的例子。我還記得小時候看過的一個廣告裡，兩位中年婦人各提著禮物在站牌前等公車：

甲婦：（國語）你要去哪？

乙婦：（台語）我要去送禮！

甲婦：（國語）你送什麼？

乙婦：（台語，費力提起兩隻咕嚕直叫的土雞）我要送雞！

甲婦：（國語，輕鬆提起手上的兩個瓶子）我要送保力達B！

收尾時，公車來了，講國語、送保力達B的時髦婦人先上車，而講台語、送土雞的歐巴桑卻吃了個閉門羹。面對這樣的廣告，如果你還看不出以往對方言及鄉土的歧視，那我只能不客氣地說是你執迷不悟。然而，目前最迫切需要檢討的是：本土運動之後，電視上的「台語人」就因此被美化了嗎？以我「黑白顛倒看」的觀點而論，所有的「鄉土連續劇」都好像在賣膏藥，而很多（僞）藥品的廣告都是「鄉土連續劇」的延伸。從戲劇美學的觀點來批判，這些廣告再三提醒我們，本土化運動並未改善台語連續劇：台語人持續遭受醜化。唯一不同的是，如今是台語人自己侮辱台語人。

以前的電視廣告手段直接，專注於賣「什麼」東西，無疑是「打拳賣膏藥」的翻版；現在的則手段間接，著重於「怎麼」賣東西，看似商品藝術化，實則「餓鬼假客氣」。假如我是業主，我一定選擇單刀直入的前者，絕不願爲了藝術犧牲商品。近日有這麼一個廣告：一群人或排成一列、或簇擁成堆，個個身著白服，擺著前衛劇場的pose；這不打緊，還不時有顏料潑灑於他們身上。我不明瞭這些畫面有何蒙太奇效果或激進訊息，只記得我因過於專注影像的解碼而完全忽略了它在賣什麼東東。或許有些人還記得，某一名牌口香糖及某一老字號的百貨公司，就是因爲採取如上的另類行銷而慘遭市場淘汰。（當然，他們的失敗並不能全然怪罪於不知所云的廣告。）

手法粗俗的廣告總是會讓消費者牢記產品的名稱。我不喜歡過於俗濫的廣告，但頗能欣賞它們疲勞轟炸的效果。有些小時候聽過、看

過的廣告，至今仍記憶猶新。若不以意識形態解讀、單就廣告效應而論，前述之保力達B的廣告就是一個成功的範例。我雖然沒喝過保力達B，卻永遠記得這個老字號。有人記得「狗標」嗎？它是一段廣播電台的「放送」：先是幾聲汪汪汪的狗吠，然後以朗朗上口的「聽到狗聲，想到狗標」作結。還有「五分珠」，它的jingle（廣告歌）我還會唱：「五分珠，哎呦肚子痛；五分珠，哎呦頭殼痛。」真是俗擱有力，歷久彌新！

　　許是我心術不正或有潛意識的需要，我最喜歡看壯陽藥的廣告：

太太：（淫蕩地）阿那達！你累了嗎？

先生：（威嚴地）嗯！

太太：（充滿暗示地）我去幫你放燒水。

先生：（一尾活龍似地）嗯！

　　第一次看到這個廣告時，我故作威嚴地問太太：「你怎麼從不這樣跟我說話？」她倒回答得很乾脆：「Over my dead body！」（你慢慢等吧！）被澆了冷水以後，我只好安靜地獨自欣賞這些廣告。質言之，這種廣告無異是色情預告片，是A片的縮節版，其對白之簡潔有力，堪稱一絕，比一般連續劇的台詞還更能打動人心。

　　即將停筆，突生一念：既然電視可以顛倒看，為何工作不能黑白配？讓所有搞節目的人去拍廣告，讓所有拍廣告的人去搞節目。如此一來，有兩種可能：第一種可能是，換湯不換藥；另一個可能是，神

奇的化學變化。果真如後者,從此節目像節目、廣告是廣告,我就再
也不用腦筋急轉彎,顛倒黑白看了。

輯三　說戲

演員與反智

　　不知別的編劇有沒有如下的經驗：創作了一段情節或對白，明知它意境不高、巧思不足卻敝帚自珍，雖不至魂牽夢縈也常掛念於心。我就曾編撰過一場有點荒謬的情境，有兩次想強行安插於劇本裡（一次是《夜夜夜麻》，另一次為《烏托邦Ltd.》），兩次都因理智勝過情感、藝術打敗胡鬧的緣故而勉強割愛。但割愛之餘仍久久未能忘懷，索性不揣淺陋公諸於此，一來從此將之拋於腦後，二來作為此文之前引。這段無聊的對話涉及兩人，一為世故的電視製作人，一為天真的編劇：

製作：要拉高收視，我們需要做一個與眾不同的節目。

編劇：我想到一個保證收視長紅的點子。

製作：趕快告訴我，讓我幸福。

編劇：我建議我們做一系列有關「台灣十大公害」的深度報導。

製作：哪十大公害？

編劇：我這是有排名次的。台灣第一大公害是政客。這裡面政客又分
　　　為三種，一種是急獨，一種是急統，最後是不獨不統只想A
　　　錢、搞女人或養男人的那種。

製作：你把台灣的政客全講光了。

編劇：第二大公害是黑道，第三是警察。

製作：這兩個合起來做一集就可以了。

編劇：第四是新聞媒體，尤其是有SNG現場連線的那種，第五是電視。

製作：那不是在講我們自己嗎？

編劇：沒錯，我們要有反省的能力。第六是老師、第七醫生、第八藝人，其中包括演員、歌星、主持人。

製作：我頭有點昏了。

編劇：怎麼啦？

製作：我腦海裡突然出現失業的畫面。再來呢？

編劇：第九是社會菁英。

製作：還有？

編劇：第十是一般老百姓。

製作：你把台灣的人全講光了嘛。

編劇：讚吧？

製作：不行，用屁股想就知道沒有一家電視台會接受的，連大愛都不可能。

編劇：對不起，大愛在第五。

製作：你不要命啦？你想下輩子變成豬嗎？

　　其實，我想談的是演員，一般的演員以及台灣的演員。

　　在我有限的接觸裡，演員是感覺取向的生物。他善於模仿，訴諸
感性，卻懶於分析，即便硬要他分析，他使用的語言往往描述多而邏
輯少，大半是細部分解他的感官記憶。易言之，在我的偏見裡，他有
反智傾向。美國名導亞瑟・潘（Arthur Penn）於拍攝《小巨人》
（*Little Big Man*）期間曾與飾演主角的達士汀・霍夫曼（Dustin
Huffman）有過一段爲後人津津樂道的小摩擦。有一場戲，霍夫曼得
用匕首刺殺仇家，不管他怎麼下手導演總是不滿意，NG頻頻。最
後，導演將演員帶到一旁，兩人的對話大致揣測如下：

潘　　：這場戲在整體結構非常重要，它不只是單純的報仇，還影射
　　　　其他，因此具有代表性。換句話說，它是一個隱喻，象徵著
　　　　——

霍夫曼：你是要我用力一點嗎？

潘　　：（短暫的一愣）對。

　　再來一次開麥拉時，霍夫曼於刺殺的動作加強勁道，非常用力，
導演滿意極了。兩人簡短的對話裡，霍夫曼沒說但導演明瞭的潛台詞
是：要我用力就告訴我要用力，其他有關結構、隱喻、象徵的廢話就
省省吧。

　　演員善於處理對白，因此對語言有所尊敬，也因此對語言無所顧
忌，絕無一般人面對（不潔／不祥）語言時無由的、原始的恐懼。聽
他談話是一種享受，總是話中有畫，甚至在他嘴賤損人（尤其是導演

及同行）的當下，我們既可目睹一場即興表演，亦可領會罵人的藝術。演員自成族群，自成部落。普魯斯特於《追憶似水年華》裡曾如此形容一名演員及她的朋友：

> 他們四人在生活上自成一夥，非一起出門不可，在巴爾貝克用飯很晚，所有的人用完飯他們才來，終日在他們的客廳中玩牌。促使他們這樣做的情感中，自然是沒什麼惡意的，只不過是他們對某些幽默的談話方式的趣味，對某些佳肴美饌的精細口味要求如此罷了。

沒有演員會願意「浪費生命」、虛擲十數年的光陰去完成一部流傳文史的曠世巨著。他寧可生活。但是，換個角度來看，他應該不會排斥普魯斯特的小說，尤其當他得知作者先天性超級神經質，「敏感到病態的程度」，想必他會心有戚戚焉。一般人購買《追憶似水年華》總會興起寢饋其中、從第一頁按序看到最後一頁的念頭，但很少人做到。演員則想都不想，深知品書的浪漫不在頁數的多寡，更不在從書皮看到書背，大可於沒有排戲或約會的午後，信手翻來，管它是第幾冊之第幾頁，只要目光觸及吸引他的精細描繪，頓時就浸淫於文字給予他的感動。他在意的不是感動的長短，而是豐富，尤其是瞬間的豐富。普魯斯特對知覺的敏感對一般演員來說應該是極為對味的：

> 晚上……我佇立窗前。由於光線的作用，有時我錯把大海顏色更

深的部分當成了遙遠的海岸,或者滿懷欣喜地凝望著藍色的流動的一片,不知那是海還是天。很快,我的理性將各個成分重新區分開來,而我的印象又取消了這種區別。

假設,我多事地告訴演員,根據席爾摩門(Kaja Silverman)的分析,此段文字巧妙示範了人們心理潛意識(primary process)與前意識(secondary process)之間的齟齬和調和時,他八成會叫我:省省吧!

「省省吧!」不是演員的專利,我們有時也想以同樣的話回敬於他。演員的多愁、耽溺、自戀、膨風……都好商量,如果他能三不五時給予觀眾亮眼的表演。然而,一旦碰到那種極不稱職的演員,我就會有對他說「省省吧!」的衝動。除了極少數以外(寫到此我突然懷念起年輕時最佩服的曹健與常楓),擠滿台灣電視螢幕的大部是這種令人生氣的演員。我搞不懂他們為什麼要演戲,為什麼他們自認有資格演戲。總之,他們沒有反智的問題;他們幾近無智,把戲劇表演糟蹋成了便宜的藝術,甚至已經稱不上是藝術了。

亞瑟·潘要是有機會來台灣導演電視劇,他大概沒有機會要求演員用力一點,他部分的時候只能無奈地說:「省點力吧,唉!」至於其他較為艱澀的表演術語則可免矣。台灣的電視演員特愛灑狗血,以為用力即是發揮演技之不二法門,以為越用力就越能敲響金鐘。哈姆雷特對演員的忠告——

唸這段台詞的時候，拜託各位，要……在舌頭上輕輕說出。如果你們扯著嗓門吼叫，像很多演員那樣，我還不如找街頭扯嗓門放送號外的人來演。也不要用手過分的在空中揮舞，如此這般；一切都要中規中矩。因為處在感情的洪流、暴雨、乃至旋風當中，尤其需要練就不慍不火的功夫，顯得平順穩當。啊，聽到中氣太足、頭戴假髮的傢伙把感情撕成碎片，震破……觀眾的耳朵，真的會把我氣炸……這種過分喧囂的大聲公，我要叫他吃鞭子。

——他們大概是充耳不聞或聽所未聞。碰到台灣的大聲公，我不能叫他們吃鞭子，只能邊罵髒話邊轉台。真如哈姆雷特一句不太厚道的怨言：「這些人說起話來非我族類，走起路來更不像人：看他們大搖大擺、大叫大嚷，我還以為他們是造物者手下的工人造出來的，又沒造好，因為他們模仿人性太不像了。」

如果我是導演我會謹守一個原則：永遠不告訴電視演員哪個段落暗藏什麼內心戲。他們只要碰到所謂的內心戲就自然而然地掉落表演的窠臼，自動複製數十年如一日的呈現方式。現試編一句台詞以為示範：

那一天，我一人走到海邊，在沙灘上撿到一個形狀奇異的貝殼……

如果我是導演我會跟演員如此叮嚀：這是一段稀鬆平常的台詞，

你要把它想成走在街上不小心踩到狗屎一般的平常，形狀一樣，只不過是狗屎變成貝殼罷了。否則演員會從「那一天」就開始灑將起來。有一回，我在公視口碑不錯的偶像劇看到如下的畫面：有一場戲，女主角於獲知她申請外國學校被拒絕的那一刹那，臉色大變，身子往後略微跟蹌後退一步，一副天亡我也的神態。目睹此景我完全不敢置信。記得我在美國申請博士班時選了四所學校，數月過後我遠遊回家，四封回函早已躺在信箱等我揭曉謎底。我迫不及待地一一拆開瞧個究竟，巧的是前三封盡是銘謝惠顧的拒絕信，到了第四封才曙光乍現，給我一線生機。當時，我心情的起伏不小，可沒記得我曾連退三小步然後前進一大步。

　　有一名戲劇系畢業的女演員最近參與了幾齣叫座的連續劇而聲名大噪。聽說，於某次訪談中，有人問她一個尖銳的問題：以她科班出身的背景來參與不入流的節目，會不會覺得委屈奇怪？聽說，她分兩個層面回答。第一，演員總是要演戲；第二，假使有更多像她一樣背景的演員參與電視戲劇，他們對電視表演的生態會有正面的影響。前面的回答毋庸置疑，後面的辯解有商榷的餘地。這位女演員大概忘了辯證劇場始祖布萊希特（Bertolt Brecht）的提醒：結構性的問題需要全面的改革，單靠局部的翻新也是徒然。根據我對那位演員的觀察，我只看到她的演技被腐敗的體制吞噬，倒沒瞧見任何正面的區隔。

　　拿電視演員開刀，也得為他們叫屈。這真的是結構性的問題，各個環節都弊病叢生。演員大可辯稱：這是製作人或導演要我這樣演的；有自信的演員亦可將我一軍：給我優的劇本我就給你優的表演。

的確，台灣的電視還眞難得讓人看到不令人搖頭的劇本（前一陣子公視的《孽子》堪稱少見的佳作）。我曾試著爲電視編劇，動機不外是爲了嘗鮮，順便賺點快錢，但搞到後來不但錢賺得慢，最後連半毛也沒撈到。且聽我述說這段被羞辱的經過。

有位製作人有意爲六點半台語戲劇檔開創新的局面，輾轉打聽下找上我這專編舞台劇的寫手。過程裡，我和製作人及他旗下的人馬開了數次編劇會議後，還專程前往電視台與編審交換理念。那位編審令我印象深刻；溫文儒雅，有些官僚但無一般「電視人」的流氣浮誇。那次的會面令我振奮，因爲他的願景與製作人的理想不謀而合，雙方異口同聲地說要做一個「不一樣」的六點半檔。事後我才了解，電視圈的語言與歐威爾筆下《一九八四》裡的語境如出一轍，所謂的「不一樣」就是「一模一樣」。

開完會後，一切蓄勢待發，就只等我寫完關鍵的第一集。故事有關一位名醫，因只顧賺錢而忘了當初學醫的偉大初衷。某日，名醫忙著看護某富人的雞毛小病而延誤了某窮人的急診重病，導致後者當場斃命。是夜，良心發現的名醫在月光的籠罩下呆立於家裡的中庭，經過一番（也沒有「一番」，其實也只是幾秒鐘）的反省之後大澈大悟，當下決定關閉診所，從此浪跡江湖，懸壺濟世。寫完之後，自知有點俗套，但心想「電視劇嘛」，何必苛求？第二天得意地將完稿交給製作人和編審，不意兩人都不滿意，像唱雙簧似的齊聲告訴我，最好把「中庭」換成「荒郊野外」。這個好辦，我也照做，再度交稿。結果，兩人終於講實話了：

雙胞胎：紀老師，劇本有點問題。

紀　　　：什麼問題？

雙胞胎：不夠灑？

紀　　　：哪個傻？傻瓜的傻？

雙胞胎：灑狗血的灑。

紀　　　：這是我寫過最灑又最傻的一次了。你們不是要「不一樣」的劇本嗎？

雙胞胎：電視嘛，總要灑一下，否則沒人看。

　　要灑就灑，who怕who！於更新的一版，我在荒郊野外加上了豪雨，讓名醫遍體淋溼。他們還是不滿意，建議我加上雷電。我也照做，不但有雷電還讓它劈開名醫身旁的枯樹，心想這下子雙胞胎總該沒話說了吧。不意中的不意，他們鄭重堅持：雷電要打在名醫身上，使他因遭電擊而從此變成神醫。聽到這，我傻了，也灑不下去了，決定抽身撤退，快錢不賺了。事後，這齣幾經波折的連續劇還真的上檔問世，而且變成是由真人演出的霹靂金光神怪台語劇。果真是不一樣。

　　較之電視之「非我族類」，台灣劇場的演員可愛許多。他們錢賺得不多，卻絕少計較演出的酬勞，有的寧可打工餬口，不願朝九晚五，只為了一個無法養活肚子的興趣。與其說他們所做的一切都是為了表演，毋寧說他們在追求自在的格調。演戲是他們存在重要的一環，但

不是全部。他們從這個劇團漂泊至那個劇團，與他們離散的生活方式頗有呼應；若問明天在哪裡，他們可能會說：今天演完再說吧。我雖然對這些演員充滿敬意（甚至羨慕），對於他們的演技不是沒有怨言。電視演員的overacting在他們身上較少看到，他們常犯的毛病反而是underacting，不是能量不足，就是角色的型塑尚未到位。而且，在我的觀察裡，他們雖然較為敬業用功，於分析文本的能力上仍稍嫌淺薄。這當然涉及他們所受訓練的多寡，但和先前提及的反智傾向不無相關。蘇珊・宋塔（Susan Sontag）於〈反詮釋〉一文所楬櫫的立場他們八成非常受用。宋塔以為著重於找尋作品意義的結果是使文本貧血，使世界枯竭，尤其當詮釋執意挖掘深層的次文本時反而忽略了我們最該直接感應的表面文本。與其執迷於意義的逡巡，不如浸淫在文字或影像所提供的感官刺激。雖然宋塔對詮釋與文本的某些觀念過於老舊，她的提醒不無道理，而且可以為劇場演員的反智提供有利的辯護。但反智不是無智，我仍堅信演員面對文本仍須具有起碼的分析能力。

　　我常常在想，在排練場裡，導演與演員討論劇本時該講多少。有一次，我就講太多了。那是在美國，我為了導演學分於期末必須在班上做一個簡短的呈現，找了兩位演員來飾演《動物園的故事》（*The Zoo Story*）裡的Peter與Jerry。在排戲過程中，我老是覺得飾演Jerry的演員過度模仿公園裡常見的流浪漢，言行舉止失之散漫佻薄。最後，我終於忍不住詮釋的衝動，告訴那位演員Jerry這個名字繁衍自Jesus，劇中這個角色可解為「類基督」的人物。他慌張的反應出乎我

意料之外：

他：I didn't know that！

我：沒錯，他是類基督。

他：Oh my God!

我：對。

他：Oh my God!

我：對。

他：Oh my God!

我：你還好吧？

他：I don't know how to act like Jesus Christ！

　　多嘴的結果是我短暫導演生涯裡的一段慘劇：那位演員自從知道他演的角色具有「神性」後，講話走路都不成人樣了。事後檢討，我當時應該告訴自己：省省吧！

　　並不是所有的詮釋都對演員有害。宋塔於前文提到伊力‧卡山（Elia Kazan）執導田納西‧威廉斯（Tennessee Williams）之《慾望街車》（*A Streetcar Named Desire*）時所作的選擇：「爲了執導此戲，卡山必須設定史丹利（Stanley Kowalski）代表一種感官、暴虐的野蠻，包圍著我們的文明，而布蘭琪（Blanche Du Bois）代表的正是那（飽受威脅）的文明，饒富詩意、纖細……優雅的敏感。」宋塔的抱怨是，爲什麼導演不能將此劇單純地處理成超級猛男與凋零美女

的致命吸引力呢？我們可以反問宋塔：為何不能魚與熊掌兼而得之？卡山的解讀既可將此劇的格局放大亦可顧及感官的處理，若只是將兩人的邂逅視為個案研究，劇中男女主角的重要對話與獨白便成廢言贅語了。

感官與知性本來就無法輕易二分，而且知性的了解並不必然減低感官的愉悅。於某次辯論場合裡，實證主義哲學家羅緹（Richard Rorty）與以著作《玫瑰的名字》聞名於世的艾可（Umberto Eco）針對文學詮釋的議題槓上了。羅緹大放厥辭，聲稱閱讀作品貴在獲得愉悅，而文學界對於語言、手法、技巧的追根究底純屬無聊的行當。他以電腦為例說明立場：電腦只要能讓他處理文書即可，他才懶得理會電腦裡的程式或次程式是如何運作的。艾可如此回答道：對知識（及知識形成）的好奇是取得愉悅的來源之一；理解一個文本為何引發諸多不同的詮釋亦為美事。最後，艾可打了個比方，而這個比方也可以用來點醒那些過度反智、誤信多一分知性即少一分感性的演員。

他說：婦產科醫師也會談戀愛。

快搬梯子啊！

　　年初，我因朋友牽連，以關係證人的身分上過法庭。法官詢問之前，我不必手按《聖經》發誓所言句句屬實云云，這點不錯；法官詰問期間，我無椅可坐，呆立於以法官居中的三人之前，這點很差。證人好似罪犯。如此權力空間的安排使我口乾舌燥、乾咳不斷，雖然我所講的沒有一句謊言。我一向懶散慣了，能躺不坐，能坐不站，即便站立也要有所倚靠。因此，當時渾身不自在的我很自然地身軀前傾，將左手搭在木欄上，不意馬上被也有座椅的法警制止，要我把手挪開，立正站好。走出庭室，我心中出現一句獨白：「媽的，台灣的法庭缺少一張座椅。」奇哉怪哉，獨白之後，腦際如起霧般驀然飄來一句幽幽隱隱的「快搬梯子啊！」當時不以為意，不知為何要搬梯子，只顧加快腳程，急於離開卡夫卡筆下的世界。

　　直到近日，我從報上得知台灣法院之刑訴新制將於九月一日施行上路時，那句「快搬梯子啊！」才再度浮現腦海。不同的是，前次乍現即沒，此回如灑狗血般，有雷霆萬鈞之勢。就在我意識到那個驚歎號的同時，我悟到了：那是一句台詞。

　　話得從那則新聞聊起。為了模擬新制，司法院、法務部及台北律師公會合力搬演一齣《龍圖公案》裡膾炙人口的「包公vs. 陳世美」。

於此現代版本（由板橋地檢署主任檢察官陳玉珍改編），陳世美因罪證不足而獲當庭開釋。在一切講求直接及間接證據的現代法庭裡，法網恢恢，有疏有漏。然而，在包青天不疏不漏的法理世界裡作姦犯科的歹徒哪回不是以問斬作結？包公鐵面無私、判事如神，秉持著「當官不為民作主，不如回家賣紅薯」的精神伸張正義，只要落在他手裡的罪人無一能逃過報應。兩岸都有他的「飯」（fan）。對岸的電視前一陣子上演過《少年包青天》，即連毛澤東都曾講過「包青天剛正不阿，希望中國多出現幾個包青天」此等廢話。此岸的包青天更是紅遍半邊天，長年高居娛樂民調之榜首。台灣曾兩度推出《包青天》，兩度都所向披靡，將其他同時上檔的戲劇節目攔腰鍘斬。第一次是民國六十三年，由儀銘飾演；第二次是民國八十二年，由金超群擔綱（儀銘演技遠勝金超群，但這不是重點）。兩度皆由隸屬國防部之華視製作，令人不禁揣想，是否國內只要有政經危機，包青天即披掛上陣，安撫人心？以上之陰謀論假使成立，則我可大膽預測：明年總統大選，果若泛藍得逞、順利復位，《包青天》再度問世，大有可能。不能小覷戲劇，當初國民黨與共產黨之文化宣傳戰，有一大半輸在此一環節。莎翁筆下有云：切莫怠慢這些伶人戲子，他們可是時代的縮影。不在話下，他們有時亦為政爭的利器。

　　走筆至此，尚未解釋「快搬梯子」，並非有意賣關子，實則人之記憶想像不以一個蘿蔔、一個坑的方式單線行進，其迷走穿流之複雜程度遠超過電腦裡訊號的連結與傳遞，須得歷經靜心推理，於抽絲剝繭中，爬梳個來龍去脈。一旦尋出接連點面，看似無厘頭之奇想謬念頓

時彷彿理所當然，彷彿一個蘿蔔、一個坑。佛洛伊德之《夢的解析》就是如此想像、編撰而成，稱他為夢之推理大師應不為過。

　　偏偏台灣的編劇諸公眾姐們完全沒有推理的功力。一齣《包青天》連續劇談不上是一部「冤獄史」，因為它的編劇方式有如美國電視影集《可倫坡》（*Columbo*），總是事先昭告壞人是誰，絕無「合理的懷疑」（reasonable doubt）干擾判斷。然而，包公辦案的方式因極少涉及推理，使得整齣戲劇活像一部「用刑史」。兩齣《包青天》我都略微瞄過，印象最深刻的台詞是：「大膽狂徒」、「招是不招」、「用刑」、「問斬」，好似每宗疑案就是在這四句台詞下如此草草結案，如此真相大白。此時，我腦際忽地竄一個念頭：「包青天 vs. 可倫坡」是個絕佳的戲劇題材……

可倫坡：原則上，我們是不能用刑逼供的。

老　包：不用刑何以逼供？你這是睜眼說洋話。來人啊！把這鬼子拖下去，木棍伺候！原則上，十大板。

　　……以上不算離題，因為以下我即將透露一樁內幕。純屬巧合，金超群版本的《包青天》於民國八十二年二月二十三日上檔，同年同月，現任台北市長馬英九接掌法務部。新官上任、不想回家賣紅薯的馬英九有意整頓官僚迂腐、積弊累患的司法制度，不意察覺事倍功半，無論他如何做制度上的修整或人員上的約束，吃案、私刑、逼供、冤獄等事件仍層出不窮。不但如此，每當他走訪視察地方法院

時，宛如進入一座牧場，黃牛成群。如此努力、如此結果，部長不解。終於，某日於某典禮上，某位蛋頭學者為他指點迷津。兩人對話如下：

部長：我從結構下手，不解為何仍然徒勞無功。

蛋頭：結構性的整頓固然是改革之正途，但一切都是枉然，如果你不除掉你的天敵。

部長：天敵？

蛋頭：包青天。

部長：包青天關司法何事？

蛋頭：司改團體致力推廣正確法律觀念沒人甩，不如一齣叫座的連續劇來得深入人心。包黑子每天在螢幕上打大板、夾手指，不正是對部長的司法改革的強烈諷刺嗎？

　　此言一出，部長茅塞頓開，悟出「改革司法得先改革包青天」之必要。二話不說，當下馬上前往總統府晉見李登輝，卻撲個空，後來才在林口高爾夫球場找到老闆，說明來意。聽完之後，李總統沉吟半晌後說道：「吾雖日理萬機，但《包青天》必看。老實說，我也是『飯』。不過，你提到的問題不可謂不嚴重，讓我想想法子。」當晚，李總統打電話給正在洗三溫暖的華視董事之一，「之一」爾後隨即去電給正在酒廊唱KTV的編劇。編劇聽完電話後，傻眼了！「今後包青天辦案得循跡推理、按圖索驥，不可訴諸用刑逼供。」這怎麼編啊？

呆坐案前，毫無推理素養的編劇真的傻眼了。一夜無眠。

　　當時，我記得很清楚，正在上演一段事關某一公子哥兒姦殺兩名良家婦女的兇案，人性喪盡的壞蛋由鈕承澤飾演。若照往例，這起案件結構單純，應是三二一即可結案了事——三次大板、兩次夾手、一次問斬——可是，現因編劇得令，不得嚴刑伺候，案情變得膠著難纏。每次包公問案，鈕承澤不招就是不招，震怒之餘的金超群慣性地拿起驚堂木，正要擊桌下令用刑時，適時意識到劇本改了，只得將驚堂木頹然輕放，說：「拖入大牢，明日再審。」就這樣，如是的畫面反覆播演，偶爾只插入幾個展昭頭下腳上、倒掛金蓮，好像在偵探推理的鏡頭，搞得全國觀眾好生納悶。「包公怎麼啦？包公怎麼啦？」大夥競相走告。一樁電視血案竟然懸於台灣上空達數日之久。就在總統蹙眉、華視上下焦躁不堪、觀眾漸漸肚爛、唯獨法務部長竊喜之時，編劇想到了既不用私刑、亦可解決懸案的法子了。這個法子和「快搬梯子啊！」略有呼應。

　　事情是這樣的。這一次，鈕承澤再度不招，再度被押回大牢時，突然瞅見隔壁牢房鐵門半開，裡面卻坐著一名老和尚。鈕承澤不解地問道：「老禿驢，既然牢門未鎖，你為何待在裡面誦經打坐？」和尚回道：「施主有所不知。老衲下山化緣，途經山中小溪，不意撞見一名赤裸女子在溪裡洗身沐浴，那女子因處子之身被人瞧見，羞愧不已，而回家懸樑自盡。老衲雖未親手殺害女子，但她因我而死，因此老衲有罪。」聽完故事，鈕承澤感動不已，大澈大悟。第二天在庭上，包公尚未開口，鈕承澤已兀自崩潰地伏首認罪了。一樁血案終於

得以申冤，舉國觀眾集體鬆了一口大氣，哎噯之聲，響徹雲霄。

於此，編劇所設計的，既可卻除戲劇危機，亦能舒緩司法改革危機的手法是西方戲劇史裡最古老的勾當。它的術語是deus ex machina（god out of a machine），可譯爲「神自天降」，亦可解爲「奇蹟神助」。古希臘劇場設有粗糙簡便的機械裝置，可將飾演神祇的演員事先懸吊於半空，俟情節到位時，演員如騰雲駕霧般由天而降，爲人類排解爭端或及時救助危難中的主角。後世學者更將此一術語的定義拓展至抽象的機械裝置：凡戲劇危機處理之方式不是衍生自人物內在個性抑或整體情節之合理鋪陳，而是編劇強加添入者皆爲「神自天降」。希臘悲劇家尤里皮底斯（Euripides）爲此中好手，其所著之《米蒂亞》（*Medea*）即有兩例。劇中，當米蒂亞正爲「報仇無礙、但之後如何面對放逐之日」煩心時，某國之君適時蹦出並提供她日後亟需的庇護所，此例一；劇末，公主及國王被毒衣害死後，負心漢傑生（Jason）帶著侍衛前來捉拿兇手，眼看復仇女神已無所遁形時，宮門猛然大啓，但見米蒂亞駕著長了翅膀的坐騎，騰空揚長而去，此例二。如此編法，難怪氣煞亞里斯多德，對尤氏之編劇功力嗤之以鼻，亦難怪後世學者封他爲通俗劇的祖師爺。

其實，古希臘的神自天降就是現今的吊鋼絲。易言之，在李安尚未把吊鋼絲美學引介給好萊塢的兩千五百年前，西方劇場早已深諳此道了。《臥虎藏龍》的確是一部佳作，影像、音效皆屬上乘，但較弱的一環應是劇本，尤其是那些拗口的對白。最不堪入耳的莫過於石亭裡李慕白與俞秀蓮之間的交心大白話：

俞：壓抑只會讓感情更強烈。

李：我也阻止不了我的欲望。

　　此為那種會讓觀眾做出「這是什麼跟什麼」的反應的對白。所有《臥虎藏龍》的台詞最讓我激賞的是極不起眼的「快搬梯子啊！」話說玉嬌龍夜裡盜劍，得手之後，施展「壁虎游牆功」，一躍翻上屋頂，只留下不諳輕功的貝勒爺護院家僕於原地蹬步跳腳，情急之下有人大喊：「快搬梯子啊！」話一出口，影像隨即淡出，但此一不經意的過場台詞著實給予我這個看官劑量不輕的「喜感舒緩」（comic relief）。

　　試問：貝勒爺的家丁護院裡怎麼會沒有一人學過輕功？當初報考時，忘了測試這一項？不但盜劍如此輕易，而且一劍兩盜，難怪貝勒爺大嘆：「我這連外城的庫房都不如。」照說，貝勒爺為皇室成員，雖位居三等（一等為親王，二等為郡王），不可謂不尊貴，難不成連懂輕功的武士都請不起嗎？再者，玉嬌龍大鬧客棧那場戲，除她之外，其他徒有響亮名號如鐵臂神拳、花影無蹤、魁星五手、靜玄禪師等江湖人士竟無一人能飛，像話嗎？換上金庸的小說，這種情節絕計不可能發生。《碧血劍》裡，袁承志潛入宮殿意欲謀刺皇太極未果，因為後者身邊有衛士數名、布庫武士八位，再加上功夫深不可測的中年道人。假使玉嬌龍闖入金庸的江湖，她有那麼好混的嗎？楊絳女士曾於回憶錄談及書癡錢鍾書的一段奇想：「他納悶兒的是，一條好漢只能在一本書裡稱雄。關公若進了《說唐》，他的青龍偃月刀只有八十斤

重，怎敵得過李元霸的那一對八百斤重的錘頭子；李元霸若進了《西遊記》，怎敵得過孫行者的一萬三千斤的金箍棒。」若文學想像世界真能互通有無，必定天下大亂，乾坤顛倒；英雄變狗熊，梟寇變俗辣。足見，每部作品必有支撐整個架構之內在邏輯。

或謂，《臥虎藏龍》描寫兩代情欲的差異，上一代壓抑，下一代奔放；我說，它同時處理江湖上兩種世界：有吊鋼絲的和沒吊鋼絲的。有吊鋼絲者，即是已有梯子的高手如李慕白、俞秀蓮、玉嬌龍。這些人所追求的不僅止於武功之精進，更亟望境界的提升；他們都會飛，但通常跌得很慘。李慕白靜修閉關，一心悟道，卻「一度進入了很深的寂靜……周圍只有光，沒有得道的喜悅……卻被一種寂滅的悲哀環繞。」玉嬌龍意欲擁有自主，最後卻只能縱身山谷，以自殺來求得救贖與昇華（她緩緩飄下的鏡頭，極為淒美，如果你不想到鋼絲的話）。沒有鋼絲者，即是還需要梯子的菜鳥，如陝甘捕頭蔡九、貝勒爺護院劉泰保，還有客棧內那一干三教九流。這些人雜念不多，單向思考，偶爾想到梯子，但無梯日子照樣能過，因此武功境界不高，不知超越為何物。然而，他們較容易獲得俗世的快樂：電影裡，唯一抱得美人（蔡九的大閨女）歸的是愣頭愣腦的劉師傅。於一部他自導自演的電影裡——好像是《安妮‧霍爾》（*Annie Hall*），伍迪‧艾倫（Woody Allen）飾演一位天天在找梯子、導致身心疲憊的笨蛋。有一天，他在路上遇見一對有說有笑的情人，趨前問道：「你們能不能告訴我，為什麼這麼快樂？」男子不假思索地回答：「因為我們很膚淺！」因為他們不需要梯子。

要不要梯子，那是個問題。

對大部分人而言，或許不成問題，因為有人生來就會找梯子，有人一輩子很少想到梯子。直覺告訴我，這是很宿命的，至於哪一種人比較「快樂」，但看你我如何界定快樂。有人每期買樂透，寄望獲得用錢打造的金梯；有人上教堂去廟宇，希冀找到通往神明的天梯。兩者都渴求奇蹟神助。

至於我呢？我在編劇裡找梯子，我猜。

但是，哪天要是我還得上法庭，我真正需要的只是一張給我起碼尊嚴的椅子。

美哉派洛蒂

　　近日於電子信箱收到一段朋友轉寄的錄音，沒有標題，但主旨寫著「眞的很好笑一定要放來聽不好笑頭給你」，所以我難得好奇打開檔案，姑且聽聽。結果，我沒有笑，但因電子信件大都是沒有署名、找不到源頭的「黑函」，也不知該去向誰索取他的頭。那段錄音涉及兩個角色，一位是某傳訊公司的電話客服員，另一位爲打電話需要開機的顧客。客服員完全聽不懂台語，而顧客滿口一般所謂的「台灣國語」，於是一段「爆笑」的雞同鴨講就此展開，大致摘錄剪輯於下：

客服員：您的大名叫什麼？

顧　客：我姓鑽石（以下他「石」皆發音爲ㄙㄨˊ）的石。

客服員：中暑的暑？

顧　客：石頭的石。

客服員：薯頭的薯？怎麼寫呢？右邊怎麼寫呢，左邊怎麼寫呢？

顧　客：石頭的石。

客服員：是暑假的暑嗎？

顧　客：那個大……在道路旁邊的石頭的石。

客服員：薯頭的薯？怎麼寫呢？您不會寫嗎，先生？

顧　客：講台語聽不懂嗎？有個口；一橫，一撇，再一個口。

客服員：一個口，再一橫一撇，再一個口；這個讀薯嗎？

顧　客：石頭的石。

客服員：請問先生您身邊有朋友嗎？……老闆在嗎？

　　此段對話首先示範了人人皆知的笑話準則：講笑話之前先不要昭告它是笑話，更切忌妄言「不好笑頭給你」，否則總會踢到鐵板，總有鐵齒人士縱使可發一噱也不甘露牙出笑，如我。但這不是我笑不出來的主因。第一次播放錄音的時候，我邊聽邊揣測，到底這是一段經由某人設計的「戲劇對白」，抑或某人不經意錄音、不經中介剪裁的「生活對話」？簡單地說，我在尋找「作者」的身影，意欲搞清指涉的框架，好似有作者是一種反應，沒作者是另一種評斷。再聽一次，我研判這應是一段活生生的日常對話，未經杜撰、未經再製的原汁原味，但也不敢說是百分之百的確定（最大的疑點是客服員耳朵魯鈍迂塞的程度令人咋舌，不敢置信。有關此點，容後再聊）。我唯一能確定的指涉框架是：有人認為這個好笑。

　　有什麼好笑的，我想問。此段錄音不但打開了我的耳朵，還召喚出我過去經歷與見識到的歷史，以及我對語言的些許領悟或成見。「台灣國語」在日常生活或娛樂產品（電視節目及舞台劇）裡被濫用為笑話的素材有其長遠的歷史。我見識過我父母那一代因為出口一嘴「台灣國語」而受人敷衍小覷；我親身經歷過，求學期間因ㄈㄏ不分而遭同學譏笑嘲弄。學校如此，回到家也好不到哪去──每個禮拜六，

我看到《綜藝一百》的編劇演員把「台灣國語」視為萬無一失的笑料。時代變了，可很多人對語言的偏見沒變，仍舊置身啓蒙前的黑暗時期，到今天還有國語講得很溜的電視主持人在訪問國語講得不溜的對象時，因對方的口音而自以為幽默地順勢變音，也跟著受訪者ㄈㄏ不辨、ㄔㄕ不分起來。我本天眞以為，對岸開放觀光以後，當很多「台／呆胞」察覺到，在別人的眼裡，原來我們每個人講的──管你祖籍哪裡──無一不是台灣國語時，「台灣國語」之為笑料素材的時代應已過去。我更天眞以為，在一個自稱擁抱差異、提倡多元的民主社會裡，口音，以及鄉音，應是被尊重，甚或珍惜的文化現象。我是天眞得可以。於英語教學領域裡，我隱約感覺，主體性越弱的國家越講求所謂純正的發音。台灣即為表率，不只是英文，在很多方面還在強調純種這個或正港那個。也是天眞的可以。

　　對於語言及其他，我倒不致政治正確到完全喪失幽默感的地步。前引的文本仍有可笑的一面，仍可以「喜劇」閱讀。它令人失笑之處來自「各說各話」，為戲劇製造喜感笑點的基本伎倆。除外，客服員與顧客之間權力位階之忽上忽下亦為幽默的來源。資本主義「顧客至上」的服務態度通常只適用於你我尚未花錢買下產品之前。我們與金融機構打交道的經驗大致相同：只有在開戶或貸款的當下我們才會享受到「只此一回」的高度禮遇，之後……每個人都有說不完的故事，而所有的故事都可用位階倒置來概括。銀行如此，其他行業也好不到哪去。顧客去電要求開機，顯然產品早已售出，已算是售後服務的階段了。往往，所謂的售後服務就是看人臉色。錄音帶裡，客服員的態度不算

無理,但語氣冷漠如冰,令人不爽之餘還佩服那位顧客的修養。尤有甚者,客服員的滿口企業官話,再加上他對方言口音之零度敏感,使他活像企業官僚的樣板。那句「您不會寫嗎,先生?」令人不寒而慄。那句「老闆在嗎」道盡「台灣國語」尚未走完的辛酸史:「台灣國語」等於低知識等於低收入等於不可能是老闆等於……。若轉用這個角度剖析,可笑的人──套用俗話,今天被糗到的人──不是顧客,反而是那位活像複製人的客服員。

　　話說回頭,假使這是一齣歷經「作者」精心設計的「作品」呢?剎那間,這齣短劇變得索然無味。論幽默,作者只懂撿現成,戲要不需太多創意的文字遊戲;論格局,作者只想講笑話、抖包袱;論技法基調,我們在這兩種聲音之間感受不到反諷的空間。而這一切並非因為作品太過短小,與羅蘭・巴特對「作品」(work)與「文本」(text)之分野大有關係。根據巴特,簡化來說,作品是封閉的,其意義是單一固定的,而文本是開放的,其意義是多重浮動的。作品有中心,文本無中心(或有數個無法綜合的中心)。作品與文本的分際很難界定,並非傳統古典的即為作品,亦非前衛實驗的即為文本:兩者的區別只是程度上的差異,沒有絕對的標準。這一切,巴特提示我們,端賴讀者的閱讀策略:有創意的讀者可以將作品繁複化為文本,把詮釋視為意義休止符的讀者可以將文本約化為作品。回到這個話題之前,容我先談一首歌。

　　提到短小,我想到阮帝・紐曼(Randy Newman)所作之〈矮人〉(Short People)一曲,收錄於一九七八年《宵小》(*Little Criminals*)

的專輯裡。它的歌詞大致如下：

矮人沒理由

矮人沒理由

矮人沒理由

活

他們有小手

小眼

他們來來去去

到處說大話

他們有小鼻

還有小不點牙齒

⋯⋯

他們站得好低

你得將他們提起來

只為了說聲哈囉

他們開小車

一路上逼、逼、逼

他們有小聲音

講起話來逼、逼、逼

　　此歌一出，眾多美國矮子深覺受辱，竟然策動組織性的抗議。抗議局部成功，美國至少有兩個地區（波士頓市及馬利蘭州）曾立法禁播此歌；抗議大致失敗，許是因為他們的聲討增加此歌的知名度，為它大作不花錢的廣告，〈矮人〉單曲飛快竄升至告示排行榜第二名，《宵小》專輯也爬升至全美一週銷售量第九名。針對抗議的聲浪，長得不矮的紐曼提出聲明，說他「無意嘲弄矮子，反而希望藉由如此荒謬的歧視口吻彰顯各種偏見的荒謬，諸如反猶太（紐曼為猶太後裔）、反女人、反黑人、反天主教等等。」可惜，他的解釋並未平息義憤，矮人團體及大部分評家的反應是「越描越黑」。此項論爭的癥結，美國學者費許（Stanley Fish）認為，在於閱聽人如何於詮釋的活動裡確定他已尋獲了帶有反諷意味的「另一個聲音」。單看歌詞，我們察覺不到一丁點反諷的影子，然而，播放歌曲，我們聆聽的對象其實不是歌手本人，而是一個不可信賴的敘述者。他那吊兒郎當的口吻、他那油腔滑調的唱法，以及漫不經心的曲調與配樂，在在使人感受到嘲弄的背後還有嘲弄。真正遭受嘲弄的對象其實是那個無可救藥的敘述者及他野人獻曝的「短」見。抗議的矮子因為聽不到「另一個聲音」而備覺委屈，同樣是矮多瓜的我則因感受到它派洛蒂（parody，一般譯為「諧仿」或「戲擬」）的形式而大呼有趣。

　　簡單界定，派洛蒂不是單純的模仿，而是於重複的過程裡設計了批判的距離。派洛蒂是回馬槍，是美學的回眸一笑，兼具犬儒與幽默。文學或戲劇史上，世代的嬗遞所引發之文風的變革往往提供派洛蒂大放異彩的契機。一部現代戲劇史無異是一場派洛蒂的接力賽。寫

實大師易卜生（Ibsen）諧仿通俗劇，象徵大師梅特林克（Maeterlinck）戲擬寫實戲劇，無法歸類的契訶夫（Chekhov）既開通俗劇的玩笑又以象徵戲劇作爲調侃的對象，先知型的皮藍德羅（Pirandello）拿商業劇場當批判的鏢靶，達達主義派洛蒂所有的主義，荒謬劇場派洛蒂所有的劇場，甚至劇場本身。因爲有了派洛蒂，現代戲劇沒有我們想像的嚴肅，多了那麼一點玩世不恭的好玩。

《印刻文學生活誌》第二期張復爲文述說〈阿拉伯商展〉（Araby）如何啓發他的創作，現以派洛蒂的角度再讀小說，與他交換心得。張復認爲這篇小說的「成功在於喬伊斯能夠將一個平凡的故事寫得那麼平凡」，我則以爲作者的成就在於將一個複雜的故事寫得如此白描。觀點不同，感覺自然各異。對於小說的開頭──「北里奇蒙街是一條死胡同，平時都很安靜，直到基督兄弟會學校下了課。」──張復感覺到「平靜的口吻」，我則嗅出一股深沉的哀怨。一個身心好動的小孩竟然被迫生活在死胡同，它的安靜影射死亡，它濃厚的宗教氣息暗示禁欲。不但大環境無路可出，小孩的周遭充塞了早已流逝卻陰魂不散的「過去」：死者、死者發霉的房間、死者發黃的遺物。小孩在往生神父的房間找到的書籍不是《聖經》，亦非聖奧古斯丁的《懺悔錄》，而是三部傳奇小說。這情況好比我們在某圓寂和尚的內室找到的不是心經或金剛經，而是一部被翻爛起皺的《倚天屠龍記》。小孩自以爲是，以潛藏的優越感看待已逝的老人家。他對神父的蓋棺論定（「神父樂善好施：在遺囑裡交代，將他所有的錢捐給慈善機構，將家裡的家具送給了妹妹。」）無疑是明褒暗貶，話裡有話，對神父之遺贈竟然全屬物質

層面頗有微辭。小孩對世俗／物質的不屑，加上不敢正視他對心儀女子之身體的感官迷戀，導致他活在充滿傳奇色彩的虛幻世界裡。直到最後，小孩赫然發現，商展一行不是十字軍東征，商展不是出口。經不起現實的衝擊，傳奇的想像逐漸潰散，小孩凝視眼前的黑暗，面對另一個死胡同。故事結尾，小孩雖然眼前一片茫然，內心已有醒悟，察覺到執迷於精神的自欺欺人。由是觀之，這篇小說是以傳奇為箭靶的派洛蒂，整個過程宛若美國學者哈奇蓀（Linda Hutcheon）所說之驅魔儀式。小說完成的同時，驅魔儀式也大功告成：傳奇已死，現代小說於焉誕生。

不用贅言，派洛蒂不是處處可見，俯拾必是。然而，作為一個自在的讀者，我們可以自造派洛蒂，尤其當我們面對的是一些無聊的作品。

我從小就對卡通動畫興味不大。拜女兒之賜，她出生後十三年來的主流卡通我極少錯過；感謝女兒的栽培，如此長期的耳濡目染使我斗膽接下《火焰山》動畫長片之編劇一職（當我興奮地告訴女兒我要為卡通影片編劇時，她立即的反應是我過去的劇本都太過嚴肅，卡通怎麼會編？直到我請她當編劇顧問，她才稍稍釋疑）。印象裡，我陪女兒看《小飛象》不下十次，那是她三歲前的最愛。我們一起看片的儀式總是我躺在有如平原的沙發上，她坐在我如小山丘的肚腹上。第一次看的時候，我還能像她一樣，打心坎底發出「好可愛喔！」的讚嘆。接後幾次，我已漸感無趣，常常中途睡著，常常被她搖醒，因為她認為精采的部分要來了。

　　忘了是在第幾回，我在一些畫面看到玄機而開始全神貫注。那組畫面如下：馬戲班子四處表演，從甲方遷到乙地，背景音樂傳來男聲齊唱的勞動歌，影像出現數名工人於暗夜雨中的剪影，榔頭忽起忽落，正在為老闆搭建帳篷。看到這些，我眼睛大亮，驚覺到：這莫非是暗底走私的左派關懷？據此邏輯，我繼續看下去，比女兒還要專心。小飛象因有一對招風巨耳而被視為怪物，對馬戲團的經濟政治而言，牠唯有在「怪物秀」（freak show）的架構中才能找到可資利用的位子。小飛象鬱鬱度日，以淚洗面，直到有一天牠遇上了一隻精明友善的老鼠——其實就是識貨的經紀人。在偶然的情況下，老鼠發覺小飛象不只是怪物，而是會飛的怪物，當下老鼠知道他們發了，當下小飛象眼珠子不斷滾動如吃角子老虎的轉輪，最後停住，出現的畫面雖然不是雙七或雙星，也差不了多少，是一對美元的符號。從此以後，龍套變明星，怪物變偶像，即連原本被關在瘋象院的母親也住進了頭等艙。看到結尾，我終於了悟，這不就是麥可‧傑克遜（Michael Jackson）發跡的故事？這齣卡通不正是好萊塢／資本主義的自我派洛蒂（self-parody），自嘲它非人性的明星偶像機制？有此頓悟，我很想跟女兒分享心得，給她來個醍醐灌頂，打通她意識形態解讀的任督二脈，但終究不忍，畢竟她才三歲。她長大以後，我曾以解構式的閱讀為她剔析《哈利波特》的問題，她完全不予理會，只回我一個年輕人不屑時慣常發出的聲音：扯！

　　以此策略閱讀文本，派洛蒂還真到處可見，喚之即來。尤其是好萊塢的電影，更尤其是那種既想賺我錢又想賺我感動、一味販賣虛假

人道主義的電影。去電影院看好萊塢片,對我而言,分兩種情境。內心脆弱時,任由它騙,有時甚至一邊想著「怎麼拍得這麼差」,還一邊流下幾滴便宜的眼淚。內心頑強時,我自比為有點阿Q的恐怖分子,正進行一項花錢培養犬儒、花錢找尋足以解構好萊塢的派洛蒂的祕密行動。我陪女兒看《威鯨闖天關》(*Free Willy*)的經驗便屬第二種情況。電影院裡,她看到她要看的(即好萊塢要她看的),非常感動;我看到我要看的(即好萊塢不要我看到的),非常疏離。電影的表面訴求再人道不過——讓自然界的生物回到自然,任何形式的囚禁都是違反自然,都是非人道。且慢,如果稍加揣測製作的過程及其機制,你我的感動會變得很吝嗇。為了拍攝這部動人的電影,製作公司得先囚禁一隻殺人鯨,然後訓練、制約牠,還得要求牠學會一些可愛的小動作,拍完之後可不能真的將牠放生,否則續集怎麼拍?同理,幾乎所有的好萊塢警世科幻片都是不自覺的自我派洛蒂。試想史匹柏的《侏羅紀公園》(*Jurassic Park*)。導演與製作群用盡當今最先進的科技,拍出一部使演員淪為道具的電影,只為了提醒世人科技倫理的重要性。這好比是浮士德與魔鬼簽約的時候還不忘呼籲世人不要與魔鬼共舞。好萊塢總是在賞別人耳光的同時不自覺地給自己一記巴掌,然後撈了一海票錢。

　　派洛蒂式的閱讀(parodic reading)其實就是將作品視為文本的閱讀,一種將清水變成雞湯的譯碼工程:它使嚴肅的作品幽默起來,賦予輕盈的作品嚴肅的重量。因為有了派洛蒂,一部乏味的作品可以變成一個生動有趣的文本。也因為有了派洛蒂,台灣的電視、廣播節

目讓人可以多忍受幾秒。在我眼裡，新聞節目全是報導freak show的freak show；在我耳中，政客的鬼話、名人的屁話、藝人的廢話都有呼之欲出的派洛蒂，都有蟄伏於裂縫細隙間的反諷。甚至在日常生活中，遇到言辭八股卻又滔滔不絕的二百五時，我總能疏離地將鏡頭拉開，冷眼凝視正在說的他和正在假裝聽的我。一旦找到派洛蒂的身影，我逐漸停止心浮氣躁⋯⋯

好像見到了老朋友，我笑了。

美哉派洛蒂！

唯獨少了淫媒

修辭在台灣宛如失蹤人口,而在公眾人物鄙俗的語彙裡已幾近瀕臨絕種。

印象所及,約略一年半前發生的國會罵街事件最具修辭缺席的典範。先是陳文茜數落第一夫人吳淑珍為「庄腳沒知識的女人」,爾後引發護主心切、深信曝光即是一切的林重謨立委於國會回罵陳文茜為「潑婦」、「茶店查某」,專善「討客兄」的「妓女」。檢之以修辭最基本的定義──言說的藝術──林重謨的語言離修辭甚遠,但若以修辭之另一種功能來評斷──罵人的藝術──他的粗話、他極盡煽動之能事的語言標籤亦可勉強算是一種修辭。如果幹譙也稱得上是藝術的話。

戲劇對白中,幹譙的確可成其藝術,但看說話者如何幹之譙之。莎士比亞筆下《奧賽羅》(*Othello*)裡的伊阿哥(Iago)堪稱幹譙專家。伊阿哥對女人無啥好話可說,即便是在外人面前將自己的老婆比喻成蕩婦也未覺不妥。當高貴的將軍夫人半逼迫地指定他細數女人的優點時,伊阿哥的狗嘴吐出以下不足成為象牙的「美言」:

她長得美,但從不驕傲,

能說會道，卻從不叫囂；

有的是錢，但從不妖嬈，

事與願違，卻說「也罷」；

她受人氣惱，想把仇報，

卻平下氣來，把煩惱打消；

意志堅定，絕不三心二意，

將鱈魚頭換成鮭魚翅；

會動腦筋，卻閉緊小嘴，

有人愛慕盯梢，頭也不回——

要是真有如此女人的話。

　　一連珠串似對女人的禮讚竟然大半以否定語句交差，且尾端還加上一記「以上純屬虛構」的回馬槍。如是之明誇暗諷，如是之寓貶於褒、說盡好話卻罵盡天下女人的惡毒已臻修辭之上乘。

　　相形之下，陳文茜對林重謨的回應似乎較富修辭的旨趣，但也僅止於似乎。針對吳淑珍一事，陳亦自認用語失當，「對所有庄腳阿嬤不公平」。言下之意是她對第一夫人於公開場合挑起省籍情結的抨擊實屬師出有名，唯獨口鋒不應波及其他明理的鄉下女人。針對林之「妓女說」，陳的還擊就絕了。根據報載，陳文茜「不認為林重謨可以因為她橫跨政治與媒體的瑕疵就罵她是『妓女』……正如同她不會因為陳水扁總統沒有做到他承諾的黨政軍退出無線電視台就罵陳總統是『嫖客』一樣。」此為高明的防禦與攻擊，因為陳的回應將罵街的格局提

昇至議題的層次,並將林的直來直往以迂迴的方式轉移焦點,使「妓女說」不致盤旋縈繫於她個人的生活隱私。然則,修辭不單牽涉用喻,它同時是修養的展現。陳的修辭正好凸顯了她修養的闕如,和林重謨只是五十與百步的區分,而她打比喻的方式正巧透露了伊阿哥式的不安好心。假若陳總統因未能履行競選承諾而淪為「嫖客」,那麼在這個比喻裡,誰是「妓女」?是那些當初投他一票的選民,還是陳總統上任以後的全國同胞?無論答案是前者或為後者,陳的話語仍然波及無辜,依舊是不夠厚道的修辭。

有妓女,還有嫖客,唯獨少了淫媒。如果加個淫媒,舞台不是更加熱鬧?西方戲劇史裡有專業淫媒身分的角色不多卻也不致完全缺席,但沒有一位比得上英國劇作家品特(Harold Pinter)之《回家》(*The Homecoming*)一劇裡的藍尼(Lenny),既是拉皮條的亦是深懂修辭的語言大師。藍尼說話絕少出手見招、開口見喉,往往是即興式地聲東擊西,識時務地見風轉舵,但求力道的傳達,使語言發揮其催眠的功能。這裡的催眠當然不是讓聽者睡著,而是誘導對方進入,甚或陷入他所聽到的語言邏輯與言說氛圍而不致思緒亂飄。第一幕裡,藍尼初識他的大嫂魯絲(Ruth)即警覺對方不好駕馭。藍尼先給魯絲一杯水,魯絲接過那杯水之後,藍尼隨即唐突地要求觸摸魯絲的手,當後者問他為什麼時,他講了一段以下的故事:

> 有一天晚上,不久前,有一天晚上在碼頭那裡,我一個人站在拱
> 形的牌樓底下……突然一個小姐走過來要跟我做個交易。這個小

姐找我很多天了……唯一的問題是她得了梅毒，身體早就壞了。所以我就說不要。可是這位小姐非常堅持，就在那個拱形牌樓底下對我上下其手，亂摸的程度到了我無法忍受的地步……所以我就給她一拳。那時候，我是想到把她做掉，你懂吧，把她殺了，而且事實上，就殺人而言，那會是很簡單的一件事，沒什麼……但是……最後我想……啊算了，幹嘛惹麻煩……對吧，要解決屍體等等，還把自己搞得緊張兮兮的。所以我只是再打她鼻子，用腳踹了幾下，就這樣算了。

這則故事到底是真是假不是重點，重點是藍尼甌欲在述說的過程裡向魯絲傳達一個訊息——他會動粗，不要不知好歹；而且，更高明的是，他在無形中貶低魯絲的身分，把大嫂和妓女比到一塊了。修辭是罵人的藝術，可以張牙舞爪，借之以暴力的語言；修辭亦是勸說嚇阻的藝術，可以平心靜氣，借之以語言的暴力。

提到修辭與戲劇，很多人都會想到莎士比亞的《凱撒遇刺記》（*The Life and Death of Julius Caesar*）。有一陣子，西方莎學爭論不休的是，到底誰才是此劇的主角——是很早即已身亡的凱撒，還是謀害他的布魯特斯（Brutus），抑或漁翁得利的安東尼（Antony）？既然三人都很重要又不夠重要，莫非無所不在、引發一切戲劇動作的「修辭」才是真正的主角？於凱撒尚未接受冠冕之前，「獨夫」兩字早已烙印於他身上；於凱撒尚未遇刺之前，他早已被修辭謀害。修辭就是刺死凱撒的那把匕首。謀害凱撒的布魯特斯藉修辭脫罪，他那句有

名的「我不是不愛凱撒，只是我更愛羅馬」可眞琅琅上口，而處於險境的安東尼不但倚賴修辭脫困，更藉之扭轉情勢。他告知群眾他無意讚美死去的凱撒，但他那一番演說自始自終都在讚美凱撒；他暗示謀害者的罪行，但總不忘於影射之後加句「可是，布魯特斯是個正人君子。」於此劇，修辭是兇手也是冤魂，既得到最高級的表演，亦受到最低賤的挪用。

　　修辭誤國，縱使沒那麼嚴重也可以把國家搞得烏煙瘴氣。很多人對電視脫口秀嗤之以鼻，以爲節目裡的名嘴盡說一些廢話；更多人對競選造勢晚會避之唯恐不及，不懂爲何在場的傻蛋會因爲修辭貧血的「對不對」、「好不好」而發出歇斯底里的歡聲雷動。若問淫媒藍尼，他可能會引用社會語言學者S. I. Hayakawa的洞見提醒我們：不要拘泥字面的意義，尤其是在儀式意味濃稠的場合，人們嗜好接收的不是說明事理的語言，而是以傳達情緒爲主的先象徵性語言（pre-symbolic language）。假設你工作了一整天，累得拖著腳步走回家門，鄰居看到你說「下班啦？」你不會不耐煩地回道「廢話，太陽都下山了，難道我還去上班不成！」因爲你不會照字面解釋對方的搭訕，因爲你感受到的是鄰居示好的意圖。當然，人們也可以先象徵性的語言使壞，淫媒藍尼即是箇中高手。他可以跟叔叔交換一堆廢話，而眞正的目的其實是藉此吐槽被冷落於一旁的老爸：我就是不跟你講話！

　　不諳品特對白技法的讀者大都認爲他的作品晦澀難懂，很多戲劇學者亦覺得他的台詞荒誕不經，因爲他們都太過著重於字面意義的解讀。品特的對話充斥著先象徵性的語言，如果他有空得閒來我們這裡

住上一段時日，他會驚覺這幾十年來，他所精心創造出來的想像世界
——一個拒絕追究事理的世界——竟在台灣以實體存在。所謂的噩夢
成眞！欣賞品特，我們需要提升對先象徵性語言的敏感；閱讀台灣，
我們得逆向操作，不能耽溺於以宣洩情緒爲重的語境中。電視名人的
語言往往自困於Hayakawa所稱之「內向觀點」，即「只藉言辭來作唯
一的指南，而不是藉著言辭所能幫助我們了解的事實」；這等人士永
遠處在兜圈子思考的惡性循環，「由於內向觀點，他們發言太多，由
於發言太多，他們又更加強化內在觀點……說起話來就像音樂匣子一
樣，投進一枚錢幣，立刻就響個不停。」

　　以前是「小心！匪諜就在你身邊」，現在是「小心！淫媒藍尼就在
你身邊」。正如台灣有各式各樣的伊阿哥，台灣也有藍尼的各種分身。
他有時是政客，有時是名嘴（他們需要二分嗎？）他有時是走私色情
以滿足偷窺欲的廣告，有時是比賽羶腥的大眾傳播媒體（或許是我的
問題，每次提到「傳媒」兩字就聯想到性病）。

　　若不行之以厚道，修辭即是淫媒。

輯四　戲本

Who-Ga-Sha-Ga

（胡搞瞎搞）

人物：小歪——劇團女演員，二十五歲上下。

　　　阿浩——劇團導演，三十出頭。

注：本劇若只由兩位演員執行恐於換場時有所不便且整體而

　　言失之單調，除了兩位主角外，可增「分身」或「鬼魂」

　　二至三名。

舞台

一個已傾頹如廢墟的劇團辦公室兼排練場：大部分是倒塌牆面的碎石，舞台地上散置著一些道具；正中有一組一桌二椅，上面沾滿塵土，但毫無受損。

A段　哀莫大於斷頭

小歪扮演新聞記者，阿浩飾一起車禍的苦主，頭上綁著紗布。

記者：這位先生，車禍當時的感覺怎樣？

苦主：很可怕。

記者：是的，那當時的心情如何？

苦主：很害怕。

記者：那現在的心情如何？

苦主：怕怕。

記者：那發覺自己受了重傷，感覺怎樣？

苦主：很痛。

記者：是的，那發覺很痛以後你怎麼辦？

苦主：哀哀叫。

記者：你可以模擬一下你怎麼哀哀叫的嗎？

苦主：哀哀！叫叫！

記者：謝謝你的真情告白。你算是逃過一劫，大難不死，現在最想做
　　　　什麼？

苦主：殺你！

場燈變化。

小歪與阿浩站在原處。小歪仍飾新聞記者，阿浩則扮演一位剛被
判死刑的罪犯，戴著一頂安全帽。

記者：你剛剛被判了死刑，現在心情如何？

罪犯：……

記者：是很悲傷，還是很快樂？

罪犯：……

記者：你對社會大眾有什麼話要說的？

罪犯：……

記者：你對受害人家屬有什麼話要說的？

罪犯：……

記者：那你對死者有什麼話要說的？

罪犯：啊？

記者：你有話要說嗎？

罪犯：有。

記者：你的遺言是什麼？

罪犯：幹你娘！

記者：各位觀眾，罪犯的反應顯示他到現在仍無悔恨之意。我們的社
　　　會、我們的道德教育，到底是出了什麼問題了呢？

場景變換。

　　兩人仍站在原處。小歪的身分不變，小浩仍爲受訪者，但他的頭被一個盒子罩住，盒子上寫著「不見了」三個字，且他右手拿著一個骷髏頭，下顎部位會配合擺動，發出「格格」兩聲。

記者：頭不見先生，你現在心情怎樣？

斷頭：……（格格兩聲）

記者：從你的沉默看來，心情應該是很差的囉？

斷頭：……（格格兩聲）

記者：你的頭飛到哪裡去了，你知道嗎？

斷頭：……（格格兩聲）

記者：各位觀眾，從以上死者的沉默可以看得出來，死者過於悲痛已經無言以對了。哀莫大於斷頭，眞是令人情何以堪啊！

斷頭：……（格格兩聲）

場一　我失憶了！

　　小歪領著阿浩進入，後者雙眼包著紗布。

小歪：慢慢走。

阿浩：好了啦，不必扶了啦。

小歪：你看不見我當然要扶。

阿浩：我沒有看不見，我眼睛還好好的，是那個愛心太多的護士——

小歪：她不是護士。

阿浩：那她是誰？

小歪：她們是慈濟的義工，她們穿的制服沾滿了灰塵，看起來灰灰白白的，所以你以爲她是護士。

　　小歪帶著阿浩走到一桌兩椅，先拍掉右邊那張椅子的灰塵，然後帶著阿浩坐上在左邊那張。

小歪：坐下來。小心。

　　小歪隨後坐在乾淨的那張椅上。

阿浩：我的眼睛還能看，爲什麼她要把我的眼睛包起來？

小歪：他們人手不夠，常常搞亂了，眼睛瞎的他們包嘴巴，斷手的綁腳，斷腳的包紮頭。

阿浩：那我的毛病是什麼？

小歪：你一醒來，看到面目全非，整個人跳起好像起乩似的，失控的走來走去，還一直叫（學他當時的反應）：「這是什麼地方！我怎麼會在這裡？天啊！My God！我失憶了！我失憶了！」

　　小歪在表演的同時，阿浩已經將紗布拉扯下來。

阿浩：你一定要演出來嗎？

小歪：你怎麼把它撕掉了？

阿浩：我眼睛沒傷，幹嘛不撕掉？

小歪：可是……

阿浩：我的天啊，這是什麼地方？

小歪：你不會再來一次吧？

阿浩：幹嘛？

小歪：（學他）「我失憶了！我失憶了！」

阿浩：你夠了沒有？

小歪：就是因為你失去記憶，看到什麼都會問「Oh，my God！這是
　　　什麼地方？」我聽了很煩，乾脆叫義工把你眼睛包起來。這就
　　　是我們的劇團，所剩下的劇團。

　　　阿浩來回走看。

阿浩：沒錯，這是我的劇團。

小歪：你恢復記憶了啊？

阿浩：沒有。不過我的劇團我沒有忘，我是劇團的團長兼藝術總監兼
　　　導演。

小歪：兼演員。

阿浩：對。可是，我一手經營的劇團怎麼會變成像廢墟一樣？

小歪：導演，你到底是記得什麼，又不記得什麼？

阿浩：很多事我都記得。我是阿浩。你是小歪，才加入劇團沒有三個月，超愛演戲，願意為演戲奉獻一切，沒錯吧？我記得很多事情，以前的事情，可是後來發生什麼……喔，我還記得「迸」的一聲。

小歪：你也記得「迸」的一聲？

阿浩：很大的一聲！

小歪：那你有沒有記得我的反應？

阿浩：什麼你的反應？

小歪：不管了，之後呢？

阿浩：之後，我就全忘了。

小歪：原來你是驚嚇過度、選擇性的失憶症。這好辦，我把你失憶的那部分填滿，你就會想起來了。

阿浩：拜託不要用演的。

小歪：你聽好，不過要鎮靜。

阿浩：你講，我很鎮靜。

小歪：台北毀了！

阿浩：（誇張）啊！（後退兩步，加音效）

B 段　秀蓮點點點

小歪飾演俞秀蓮，阿浩飾演李慕白。

俞：壓抑只會讓感情更強烈。

李：我也阻止不了我的欲望。

俞：那，慕白兄，你還在等什麼？

李：我……

俞：（伸出手，放在桌上）這我的手。

李：（跟她握手）How do you do?

俞：你在故意裝蒜嗎？

李：不是，秀蓮……

俞：講下去啊。

李：我以為你會打斷我。

俞：我們不是在演電視，這是生活。

李：秀蓮……

俞：你再給我秀蓮點點點看看，你再不說你心裡的話，我走了。（站
　　起欲走）

李：秀蓮——沒有點點點，你坐下，聽我說話。

俞：（坐下）也好，反正我現在沒吊鋼絲也走不遠。你說。

李：我最近閉關打坐，一度進入了很深的寂靜，頭頂周圍只有光。

俞：慕白，你禿頭了！

李：眞的嗎？我禿頭了！

俞：開玩笑的啦，不要那麼緊張。恭喜你，慕白！你得道了！

李：我得到了什麼？

俞：你得道了。

李：什麼啊？

俞：不是，我是說你得「道」了。

李：喔，是那個得「道」。我老實告訴你，我得道得到屁眼上了。

俞：怎麼說？

李：打坐太久痔瘡復發。而且，我根本沒有得道的喜悅，卻被一種寂
　　滅的悲哀環繞。

俞：爲什麼寂滅，爲什麼悲哀，你老實說！是不是忘不了玉嬌龍幼密
　　密的皮膚和她那出水芙蓉、乳頭若隱若現的輪廓？

李：沒有，絕對不是！才幾秒鐘我來不及看清楚。

俞：那你說，爲什麼寂滅！是不是因爲她偷了你的陽具，不是，是寶
　　劍！

李：天啊，秀蓮！你怎麼變得如此粗俗。啊！我的世界毀滅了！哇！

　　李慕白誇張地繞場一周後，衝出場外。行進時，邊跳邊跑。

俞：不要跳了。沒有吊鋼絲還在那邊裝。

場二　迸的一聲

　　小歪和阿浩還原自己的身分。

阿浩：迸的一聲之後呢？

小歪：台北整個都毀了，變成廢墟。

阿浩：怎麼會這樣？

小歪：沒有人真正知道發生什麼事情，因此有很多傳言。有人說是所
　　　有的瓦斯管線在同一時間一起爆炸，也有人說是所有的加油站
　　　在同一時間一起爆炸，搞得整個城市陷入火海，高樓大廈倒的
　　　倒、塌的塌。

阿浩：那麼巧？

小歪：還有更恐怖的傳言。有人說「迸的一聲」是因為內戰發生了。
　　　兩邊打起來了。

阿浩：我們和阿共仔？

小歪：不是，那叫什麼內戰？我說的內戰是台北兩邊人馬的內戰。

阿浩：兩邊？

小歪：你不會失憶到台北分兩邊都不知道吧？

阿浩：喔，你是說「那兩邊」哦！

小歪：就是那兩邊。目前最可信的版本是：一切從一個政治座談節目
　　　開始。

阿浩：我知道了，就是那個在學Larry King的老雞歪搞的節目。

小歪：沒錯。那一天他跑到士林做現場連線，本來兩邊只是口水戰，跟以前的節目沒有什麼兩樣。哪曉得突然之間，有一邊的立委突然站起來，劈頭就說：「總講一句，不會講台灣話的就是不愛台灣，就不是台灣人。」另一邊也不甘心示弱，其中一個立委也站起來叫囂，說：「總之，國語講不標準的就沒水準，把『發現』講成『花現』的人沒有資格當立法委員！」兩邊這樣講開了，現場一片嘩然。突然有一邊的幾個觀眾拿出預先藏好的烏茲衝鋒槍，大喊一聲「我幹你娘的」後，就開始掃射；同時，另一邊的觀眾，也有幾個人拿出放在口袋的手榴彈，大喊一聲很捲舌兒的「我操你娘兒的」後，就往觀眾的方向丟出去。這下子，整個場面就亂了起來，兩邊大打出手，在家看電視的台北人也全部帶著菜刀和拖把加入戰局。就這樣台北陷入了內戰。

阿浩：軍隊呢？他們只會吃飯嗎？

小歪：他們那時候正在吃飯。政府一聲令下趕快放下筷子拿起盾牌準備鎮暴。他們剛開始是有在鎮暴，後來卻因為選邊的問題，也不管三七二十一就自己也打起來了。

阿浩：台北以外的地區呢？

小歪：沒事。不幸中的大幸。台北以外的民眾因為看電視轉播看得太過癮了，覺得比史匹柏的《搶救雷恩大兵》還要真實，捨不得

離開電視機，所以沒加入內亂，等他們回神，台北已經掛了，也懶得參加了。

阿浩：沒想到電視還有維持和平的功效。

小歪：兩邊打起來的結果是兩敗俱傷，唯一的獲利者是第三邊。

阿浩：什麼第三邊？

小歪：原住民。台北附近山區的原住民一得知台北內亂，來不及集合，紛紛用手機開會，大家一致的決議是：出草教訓台北人！他們一下山進入城內，見人就殺，不管誰是哪一邊的，只要有頭的就砍。結果他們頗有斬獲，拎著上千個頭顱回到山區。當晚就在十二月的寒冬辦豐年祭，還是喝著自釀的米酒，把搶來的XO倒在柴堆裡，火勢熊熊旺旺叫。聽說，其中一位長老對大家宣布：「感謝漢人的who-ga-sha-ga！」

阿浩：什麼？

小歪：胡搞瞎搞。在原住民的語言就是who-ga-sha-ga。結果在場的原住民歡聲雷動，一起喊著：「Who-ga-sha-ga! Who-ga Who-ga！Who-ga-sha-ga! Who-ga Who-ga！」長老又說了：「因為漢人的自私，我們出草成功，也終於恢復了自從吳鳳那個王八蛋以來被迫停止的出草傳統！」又是一陣歡聲雷動。

兩人："Who-ga-sha-ga Who-ga! Who-ga！Who-ga-sha-ga! Who-ga Who-ga！I can't stop this feeling, deep inside of me."

C段　你打我我我！

小歪和阿浩變成電視偶像劇裡的情侶。

呆女：呆男，你誤會了！

呆男：呆女，你還敢狡辯！我明明親眼看見的！

呆女：呆男，你真的誤會了！

呆男：呆女，你讓我太失望了！

兩人突然正色轉向觀眾。

呆女：做人基本禮貌。

呆女：跟對方講話時，一定要叫他的名字。

兩人換回角色。

呆女：呆男！你真的不再相信我了！

呆男：呆女，我現在全世界都不相信了！

兩人轉向觀眾。

呆男：電視編劇守則第一條。

呆女：為了台詞的力道，每一句後面一定要加個驚嘆號！我剛才講這

句話時也有加！前一句也有加！現在也有加！

呆男：夠了！

呆女：你也有加！

呆男：廢話！當然有加！

兩人換回角色。

呆女：呆男，你要怎麼做你才會相信！

呆男：你走吧，呆女。

呆女撲向呆男。

呆女：呆男！

呆男：你不要碰我！你這個沒見肖的查某。

呆男打呆女一巴掌。

呆女：（手捂著被打到的左臉頰）你打我ㄛㄛㄛㄛㄛ！

呆女往後踉蹌兩步。

呆女還很入戲時，呆男轉向觀眾。

呆男：各位觀眾，很高興又來到了「每日一辭」的時間了。剛才她的動作叫「踉蹌」。請大家跟我一起唸一遍：「踉蹌」。對，我們再示範一遍。

兩人回到打巴掌前的位置。

呆男：你不要碰我！你這個沒見肖的查某。

呆男打呆女一巴掌。

呆男：（手捂著被打到的左臉頰）你打我ㄗㄗㄗㄗㄗ！

往後跟蹌兩步。

呆女：你打我！

呆男轉向觀眾。他講話的同時，呆女以慢動作重複兩次跟蹌的身段。

呆男：各位觀眾，你們剛才只注意到女主角往後跟蹌了兩步，卻沒有注意到她跟蹌的時候長髮搖曳的美姿，而且沒有頭皮屑紛飛下雪的現象。為什麼有這種效果呢？因為她愛用「頭與肩洗髮乳」。

兩人回到角色。

呆女：（手捂著左臉頰）你敢打我！我從小到大被父母奉為掌上明珠，他們連罵都不忍罵我一聲，你居然敢打我！

呆男：呆女！

呆女轉向觀眾。

呆女：基督有訓，當有人打你左臉頰時，你要奉上右臉頰。

回到角色。

呆女：（欺向呆男，奉上右臉）你打啊！你再打啊！
呆男：呆女！我錯了！我不該動手！
呆女：你打啊！
呆男：請原諒我！

呆男突然跪下，咚地一聲。
呆女轉向觀眾。

呆女：電視表演守則第一條：演員因劇情不時要下跪，為了保護自
己，請隨身配戴高科技奈米護膝。

呆女轉回角色。

呆男：（仍跪著）原諒我，呆女！
呆女：不！不！我永遠不會原諒你的！啊！！！！

呆女大叫一聲後往場外衝，中途不小心跌倒，假裝沒事地爬起
來，回頭看呆男，再大叫一聲，衝出場外。

呆男：呆女！呆女！

站於原地的呆男轉向觀眾。

呆男：根據導演的指示，我這時候不能追上去，因為有一輛卡車在外面standby，正打算撞上呆女，我如果追上去就等於陪葬。

場三　台北大逃亡

小歪和阿浩恢復原來的身分。

小歪：台北現在是游民的集散地，連南部無家可歸的人也來湊熱鬧，在廢墟撿垃圾過日子。

阿浩：聽起來很像好萊塢科幻片。

小歪：簡直就是《紐約大逃亡》的翻版。

阿浩：那原來的台北人呢？

小歪：死了大半，也走了一半。

阿浩：走去哪？

小歪：有辦法的人都移民了，小康的移民到東南亞和中國，大康的移民到加拿大和澳洲。

阿浩：其他人呢？

小歪：有的往北走，到了基隆、羅東、宜蘭，有的往南逃，過了濁水溪以南。

阿　浩：我靠！

小　歪：真正我靠的地方我還沒講到。

D段　來人啊！

小歪扮演英國推理小說女王Agatha Christie，阿浩扮演包青天。小歪游走於舞台前，包青天坐於桌後。桌子右上置有驚堂木。

包青天：你是誰？

Christie：我是二十世紀推理小說女王阿加莎‧克理斯蒂。

包青天：好長的名號。你來我衙門有何貴幹？

Christie：我要教你辦案。

包青天：（用驚堂木打桌面）大膽！來人啊！

沒人來。

包青天：（再打）來人啊！

Christie：你的手下，王朝、馬漢、張龍、趙虎全都在我寫的一本小說
　　　　　裡被謀殺了。

包青天：啊！那師爺呢？

Christie：告老還鄉，中途在悅來客棧遭人毒死。

包青天：也是你幹的？

Christie：正是！（仰天長笑）哈哈哈！（突然正色）我這演技是學你
們的，聽說演電視古裝的都要長笑。（再試）哈哈哈！

包青天：不要再哈了！你大概不曉得我還有一個人。

Christie：誰？

包青天：展昭！我一個時辰前派他去買柔飛的美白精華液，馬上就會
回來。到時我會要他把你抓入大牢，聽候審判。

Christie：（長笑）哈哈哈——（突然止住）我不能再笑了，你們台灣
人的演技會把人搞得聲帶長繭。（正色）你給我聽著，my
dear老包，你最信賴的展昭已經被我拔掉身上所有鋼絲，現
在連走路都有點困難。

包青天：怎麼會呢？

Christie：他平常都是靠鋼絲飛來飛去的，已經忘了怎麼走路了。

包青天：啊！

Christie：現在你只有一途，就是乖乖聽我教你怎麼辦案。

包青天：我辦案的方式有啥問題？

Christie：你怎麼辦案？

包青天：嫌疑犯一帶上來，我就觀察他的長相，獐頭鼠目的就一定有
罪，人模人樣的就一定會說謊。

Christie：那我問你，流浪漢呢？

包青天：一定是宵小。

Christie：吃檳榔的呢？

包青天：罪加一等！如果膽敢在我面前吐檳榔汁的，我當場讓他血濺

　　　　五步。

Christie：你看過美國職棒吧？

包青天：那些嚼煙草的傢伙，全都該死。

Christie：你果然夠猛！

包青天：謝謝！走進我衙門的沒有一個不是被抬出去的。

Christie：你的打擊率——

包青天：一百趴仙逗。

Christie：請問你是怎麼審問的？

包青天：很簡單。我只問他們招是不招，不招的就用刑，不是夾手

　　　　指、用鉗子捏屁股，就是坐冰塊、灌辣椒，搞到他們不得不

　　　　招，認罪招了以後馬上就地正法。

Christie：難道你都不管證據的嗎？

包青天：證據僅供參考，而且證據是展昭的部門。

Christie：你這昏官，你完全被展昭矇在鼓裡了。那個傢伙根本沒有在

　　　　辦案，每次你派出去探查究竟時，他只會用鋼絲飛上民宅屋

　　　　頂，以倒掛金鉤的方式，偷看良家婦女洗澡。

包青天：（驚堂木用力一拍）大膽！居然沒叫我去！

Christie：你太胖了，鋼絲會斷。好了，廢話少說，你現在站出來。

包青天：幹嘛！

Christie：快！

包青天不情願地走出來，Christie走到桌子後面，坐下。

Christie：（用驚堂木打桌面）老包，我今天要教你怎麼辦案，你好好
　　　　聽著。推理守則第一條：所有關係人都是嫌犯。

包青天：這個好。我全把他們給斬了！

Christie：（再打）放肆！守則第二條：所有的嫌犯在還沒證據確鑿之
　　　　前都是無辜的。

包青天：你這樣講我有點搞混了。所有的關係人都是——

Christie：閉嘴。守則第三條：因此，在真兇還沒找到之前，不要輕易
　　　　和電視台聯絡，馬上就召來一堆SNG幫嫌犯拍寫真集，別忘
　　　　了嫌犯也是有人權的。

包青天：可是，我們司法單位和電視台已經簽約了。

Christie：馬上解約。守則第四條。

包青天：你條目這麼多我怎麼記得起來？Sorry，我不想聽了。

Christie：你他媽的真的執迷不悟。（驚堂木一打）來人啊！問斬！

場四　流亡政府

小歪和阿浩恢復身分。兩人正在碎石堆裡找東找西的。

阿　浩：我們到底要找什麼東西？

小歪：任何可以用的。可以吃的乾糧，可以喝的礦泉水，還有，我們
　　　需要一些道具。

阿浩：台北都毀了，劇團都垮了，你要道具幹嘛？

小歪：排戲要用的。

阿浩：排戲？這個節骨眼，我們還排什麼戲？

小歪：我等一下再告訴你，趕快找。

　　　兩人分別找了一會兒。

阿浩：你剛才說還有「更我靠的事還沒講」。到底有什麼事比我靠更我
　　　靠？

小歪：我問你，現在台灣的首都是哪裡？

阿浩：我不知道。

小歪：高雄。高雄已經取代了台北，變成了首善之區。

阿浩：那中央政府呢？

小歪：中央政府遷到高雄，但是變成流亡政府。

阿浩：我不懂。又沒跑到國外，怎麼會是流亡政府？

小歪：這就是高雄高招的地方。他們雖然願意收容中央政府，但是還
　　　是很肚爛台北沙文主義，對中央以前蔑視地方的一筆老帳還是
　　　懷恨在心，所以硬給中央掛上流亡政府的標籤。

阿浩：那國家到底誰在管？

小歪：真正在管事的是高雄的政客和地方上的角頭。

阿浩：那結構跟「迸的一聲」以前沒什麼差別嘛。

小歪：但是政治勢力的版圖經過了大鍋炒以後變樣了。

阿浩：怎麼說？

小歪：高雄是政經中心，台南成為文化新都，台中是色情集散地。

阿浩：八大行業終於合法化了啊？

小歪：不但合法，而且大張利市。色情行業是現在的政府——我是說
　　　高雄政府——最大的財源。台灣的觀光業以前是鳥不拉屎，現
　　　在是金雞蛋。每天有上萬的觀光客來台灣買春、豪賭之外，最
　　　大的樂趣就是坐直升機在台北上空環繞一圈。

阿浩：台北不是——

小歪：台北廢墟現在是最大觀光景點。

阿浩：我靠！

小歪：真的我靠吧？

阿浩：我靠靠靠！

　　　兩人暫時不說話，繼續找東西，找到可以用的就放在桌子上。

阿浩：等一下，台北沒水沒電，有沒有收音機？

小歪：有，但是沒有電池。大部分的電池不是爆炸時燒掉了，所剩下
　　　的早就用光了。

阿浩：那你人在這裡，怎麼知道這麼多？

小歪：摩斯密碼。

阿　浩：啊？

小　歪：大家眼看被困死在台北，完全沒有外面的資訊，又沒有電
　　　　視、電腦、收音機，有人就想到摩斯密碼。

阿　浩：有人會喔？

小　歪：只有一個人會。他是影痴，是那種很挑的電影狂。他只看和
　　　　摩斯密碼有關的電影，像《ID4》啦，或是《無間道》這種電
　　　　影。結果他就憑記憶，在腦袋裡把看過的摩斯密碼整理出
　　　　來，再叫一些懂電器的人設計密碼機，結果居然還成功了。
　　　　因此，所以。

阿　浩：原來好萊塢電影還有實用價值。

小　歪：不是蓋的吧？

E段　你是貝殼也是鳥屎

　　小歪和阿浩飾演一對情侶。
　　海灘浪潮的音效。
　　以下的台詞皆以台語發音，但每當兩人在討論時則恢復原來的身
　　分。

男主角：你一定要這樣折磨我嗎？

女主角：我沒有那個意思。

男主角：你離開台北以後就音訊全無，我打聽都沒你的下落，心肝內底一直犯嘀咕，心想你到底遠走高飛到哪兒去了。

女主角：我只是到海邊走走。

男主角：中華民國在台灣是一個海島，到處都是海邊，你一定要跑這麼遠，到墾丁來嗎？

女主角：台灣的盡頭。

男主角：也不算是台灣的盡頭，鵝鑾鼻才是。

女主角：你追我到天涯海角，就是要跟我吵地理常識嗎？

男主角：不是，我要你跟我回去，回到我身邊，讓我們像以前一樣朝朝暮暮廝守在一起──（恢復原身分）幹，我演不下去了，這台詞是哪個王八蛋寫的？

小　歪：好像是你寫的。

阿　浩：我怎麼會寫這種爛東西？

小　歪：你忘了。有一陣子，我們的觀眾大量流失，為了生存決定走本土路線，所以你就寫了這齣戲。

阿　浩：可是──

小　歪：可是大家都不知道本土戲劇是什麼東西，最後才在電視找到靈感。所有的什麼親家系列、冤家系列、頭家系列，還有龍捲風系列，我們全都看了。最後的心得是，我們決定搞一齣既悲情又霹靂的本土舞台劇。

阿　浩：所以我就寫了這麼一個鬼打架的劇本？

小　歪：對。

阿　浩：我當時怎麼不覺得它很爛呢？

小　歪：（台語）短暫的失憶使人清醒。

阿　浩：你這是台詞嗎？

小　歪：沒有，我在練台語。

阿　浩：我是台南人，可是這一輩子就從來沒聽過有人講這種台語的。

小　歪：可是電視劇都嘛是這樣講的。

阿　浩：現在怎麼辦？

小　歪：先演完這段再說。

阿　浩：好吧。我給你cue。（回到角色）我要你跟我回去，回到我身邊去，讓我們像以前一樣朝朝暮暮廝守在一塊。

女主角：不行哩。

男主角：是安怎不行？

小　歪：等一下，你講「不行」的時候不要那麼重。

阿　浩：為什麼？我激動啊！

小　歪：給你講起來，「不行」好像是在賣大便。

阿　浩：那要怎麼講？

小　歪：不行哩。後面加個輕輕的「哩」。再來一次。不行哩。

男主角：是安怎不行哩？

女主角：這幾天我在海邊想了很多，想我這一生，想我們倆的事情。

我是愛的你，但是我並不一定要跟你在一起。

男主角：是安怎講？

女主角：（抒情起來，走路怪異）有一天黃昏的時候，我在海邊散步，聽著潮汐拍打岸上的聲音，看著被地平線切了三分之一的夕陽──

阿　浩：Time out，暫停。你現在是怎麼啦？

小　歪：我怎麼啦？

阿　浩：你怎麼明明在跟我講話，可是人越走越遠？還有你走路的方式，你以為你是在走伸展台嗎？

小　歪：我這是在演抒情的內心戲你懂嗎？電視都是這樣演的。演內心戲時一定要：第一，站起來，慢慢走遠；第二，聲音放柔，柔到不行為止；第三，要走台步，不能太生活化；第四：眼睛不能看對方。

阿　浩：你明明在對我講，為什麼不能看我？

小　歪：因為我已沉浸在抒情的情境裡，忘了你的存在，沒時間理你。不要廢話，繼續演下去，我最喜歡下面一段了。

阿　浩：好吧。

小歪吸一口氣，慢慢進入情緒。以下小歪在「抒情」的時候，阿浩故意數次走到她面前，希望跟她的眼神有所接觸，小歪完全不予理會，一直轉向。

女主角：（入戲）我一邊欣賞著夕陽的美景，一邊想著你。這時候我突然有個衝動，想衝回台北去找你，抱你，親你，再也不離開你。就在那時陣，我看到地上有一只形狀奇異的貝殼，紋路很美好像扇子一樣，可是等我撿起來仔細看才發現那不是貝殼，而是海鷗放屁的化石。就在那時候我想通了，我頓悟了。最美的也是最醜的，最乾淨的也是最骯髒的。原來，你給我最快樂的時光，你也給我最痛苦的日子；原來你是貝殼，也是鳥屎⋯⋯

場五

兩人恢復本尊，還在找東西。

阿　浩：我們還要找嗎？

小　歪：繼續找。

阿　浩：我們已經找到了一些礦泉水和康師傅，這樣夠我們撐一個禮拜了吧？

小　歪：不行，我們真正該找的是以前劇團演過的劇本。

阿　浩：為什麼？

小　歪：等一下你就知道。

兩人繼續找東西。

阿浩：那你就多講點外面的事吧。

小歪：你要聽哪一方面？

阿浩：隨便。以前是中華民國在台灣，現在是中央政府在高雄——

小歪：你要講清楚，原來的中央政府流亡在高雄，沒有實權，只是一個象徵。高雄原來的地方政府才是真正的中央政府。

阿浩：有點複雜。那國會呢？

小歪：高雄原來的市議會就是國會。

阿浩：什麼？！那些立法委員呢？

小歪：這是這次大災難裡唯一的好消息。

阿浩：安怎講？

小歪：台北大亂的時候大部分的立委都在台北。「迸的一聲」那天晚上，人民看到立委就打，不管他們是哪個顏色的，只想給他們顏色瞧瞧。

阿浩：人民的眼睛果然是雪亮的。結果呢？

小歪：立委死了三分之二。

阿浩：真是不幸中的大幸。

小歪：好消息還在後頭呢！

阿浩：快講！讓我幸福！

小歪：剩下的三分之一能走的全走了，不能走的大部分改名換姓外加整型，在各地的市議會作議員的助理。

阿浩：真是爽呆了！等一下，你一直提到南部的情況，那台北以北的

地區呢？

小歪：唉！這又提到另一個禍害的源起。

阿浩：發生什麼事了？

小歪：台北變成了廢墟了以後，基隆、羅東、宜蘭變成三不管地帶。
　　　宜蘭首先發難要搞獨立。

阿浩：我靠，猛！

小歪：羅東馬上跟進，依附在宜蘭國底下。基隆心想我們有海港還不
　　　至於要跟在宜蘭的屁股走，也跟著喊要獨立。

阿浩：更猛！

小歪：還有更猛的。基隆才喊著要獨立的第二天，鼻頭角也吵著獨
　　　立。

阿浩：鼻頭角只有一個燈塔跟人家喊什麼獨立？

小歪：我也不知道，大概「輸人不輸陣，輸陣爛鳥面」的心態吧。

阿浩：那高雄怎麼反應？

小歪：還不就是一連串的談判唄──喔，我不能再講「唄」。

阿浩：為什麼？

小歪：聽說現在南部沒有人講話敢唄來唄去的，會招來白眼。

阿浩：我們又不在南部，你怕什麼唄？

小歪：我們遲早要去的。這我等一下再跟你解釋。我剛才講到哪裡
　　　了？

阿浩：一連串的談判唄。

小　歪：對，一連串的談判沒有唄。結果，可想而知，談判破裂。現在高雄所有的飛彈都對準著宜蘭。

阿　浩：我差點忘了！那阿共仔呢？這不是他們攻打台灣的最好時機嗎？

小　歪：阿共仔才聰明呢！台北的下場跟後來的發展，讓他們覺醒到，根本不必動武，等台灣不斷內亂，全島耗損虛空了以後，他們再來接管就可以了。

阿　浩：我看我們沒救了。

小　歪：不管它，現在最需要的是存活，過一天賺一天。

阿　浩：過一天苦一天，怎麼算是賺？

F段　要灑就 All the Way

　　小歪和阿浩飾演製作人與紀蔚然。

製作人：紀老師，不好意思每次都是我遲到。

紀蔚然：沒關係，陳製作。

製作人：紀老師教書很忙吧。

紀蔚然：還好。我大部分的時間都在打麻將。

製作人：紀老師真會說笑。

紀蔚然：我是說真的。

製作人：不會吧？那你教書——

紀蔚然：教書是副業，麻將是主業。不過總有一天我會戒掉。

製作人：戒掉什麼？

紀蔚然：教書。陳製作，我有一件事想拜託你。

製作人：不要講拜託。

紀蔚然：到時候我們這個連續劇上檔的時候，能不能打字幕的時候，
編劇不要打「紀蔚然」？

製作人：你是編劇為什麼不用你的名字？

紀蔚然：不是，我是想用「筆名」。

製作人：用什麼筆名？

紀蔚然：「筆名」。

製作人：你是在打啞謎嗎？「紀蔚然」不能打，筆名還要我猜。

紀蔚然：張製作，你誤會了。我的筆名就是「筆名」兩個字。

製作人：有這種叫「筆名」的筆名嗎？

紀蔚然：我本來想用「不告訴你」這四個字當筆名，但是覺得太不友
善了；後來又想到用「請原諒我」當筆名，但是又覺得太謙
卑，最後才決定用「筆名」這兩個字，因為它最中性。

製作人：紀老師，你是不是覺得幫電視編劇有一點丟臉？

紀蔚然：不只有一點。很。

製作人：為什麼？

紀蔚然：台灣的連續劇，在我的眼裡，都在貽害人間，都在作孽。閤

羅王在陰間不是有十八層地獄嗎？我猜其中有一層是專門爲電視編劇而設計的。

製作人：你這麼看不起電視劇，那爲什麼當初我找你的時候，你一口就答應了？

紀蔚然：那一陣子打牌每打必輸，欠了一些不能讓老婆知道的賭債。

製作人：所以想來電視撈一票？

紀蔚然：講撈不太好聽。

製作人：其實，電視沒你想像的那麼好賺。

紀蔚然：我現在知道了，也後悔了。

製作人：紀老師，你講話很坦白。我也決定對你坦白。

紀蔚然：請講。

製作人：你不適合寫電視劇。

紀蔚然：爲什麼？

製作人：你不是寫電視劇的料。

紀蔚然：開玩笑，只有我不要你們，哪有你們不要我的道理！

製作人：就拿你寫的劇本作例子好了。

紀蔚然：你說。

製作人：你的劇本沒有想像力，不但事件不夠多，情節又太平淡。

紀蔚然：事件還不夠多？我已經讓主角在一集之內醫死一個病人、解除婚約、和準岳父撕破臉、關掉診所、離鄉背景，從地方上的名醫變成草地醫生，這樣還不夠複雜？

製作人：你看過一部在模仿《007》的電影叫《王牌大賤諜》嗎？

紀蔚然：看過，好像拍了兩集，還是三集我忘了。你講這個和我的劇
　　　　本有什麼關係？

製作人：裡面男主角常講一個字。

紀蔚然：Mojo？

製作人：對，mojo。Mojo的意思是——

紀蔚然：精力，或利比多，跟性有一點關係，也可以解釋為動力。

製作人：對，就是動力。我們認為——

紀蔚然：你們？

製作人：就是我，還有編審，還有民視的董事，還有我們公司的小
　　　　妹。

紀蔚然：這麼多人？

製作人：對。我們都認為目前你的劇本雖然事件很多，可是就少了一
　　　　個原動力。

紀蔚然：少了mojo？

製作人：少了mojo。

紀蔚然：你所謂的mojo是……？

製作人：在電視圈裡，我們所說的mojo就是要「灑」。

紀蔚然：傻？stupid？

製作人：灑狗血的灑。

紀蔚然：灑狗血？

製作人：你知道「灑狗血」三個字的由來嗎？

紀蔚然：不太清楚。

製作人：它是有典故的。很早很早以前，也就是電視還沒發明以前，話劇是中國人很重要的娛樂。

紀蔚然：你在給我上歷史課嗎？

製作人：聽我說。那時候北京有一個很有名的舞台演員，他演技很好，但有一個怪癖，不但喜歡吃狗肉，還喜歡喝狗血。

紀蔚然：天啊！

製作人：所以劇團的人給他取了個綽號叫「狗血」。有一次他在台上演戲，看到觀眾一副昏昏欲睡的樣子。眼看戲快演不下去了，那位綽號狗血的演員突然靈機一動，脫稿演出。他台詞講到一半時，突然轉向觀眾，對觀眾吼出三個字：「暴風雨！」當時的情況只有用慢動作和電腦合成可以傳神的描述。他用盡喝狗血的力量，吼出（慢動作示範）「暴風雨」三個字，隨著臉頰的晃動和雙唇的擺動，他嘴裡的口水跟著噴灑出去，那力量之大無遠弗屆，在場的觀眾全都被聲音震醒，連坐在最後一排的觀眾也被口水濺到。奇蹟發生了。因為「暴風雨」之後，沒有觀眾敢睡，也沒有觀眾想睡，他們希望能再接受「暴風雨」的洗禮。本來那齣戲是沒人要看的，但是「暴風雨」之後天天爆滿，連演五十幾場。每個買票的觀眾只有一個目的，就是嚐嚐狗血「暴風雨」的威力，他也沒讓觀眾失望，

心情一到就來個「暴風雨」，最高紀錄一場八十七次，觀眾可樂歪了。因為「暴風雨」扭轉了當時話劇運動的演技，人們為了紀念那個創始演員，把那個技法叫作「灑狗血」。

紀蔚然：以上的故事是真的嗎？

製作人：千真萬確，絕無虛構。1949以後，「灑狗血」由中國傳到台灣，先在話劇界萌芽，後來在電視圈生根，所以……

紀蔚然：所以？

製作人：沒有mojo就是沒灑狗血，沒有灑狗血就是沒有mojo。

紀蔚然：我覺得已經夠灑了，其實這是我寫過最灑的一個劇本。

製作人：難道你們搞舞台劇都不灑呀？

紀蔚然：灑是有灑，有的劇團灑笑話，有的劇團灑眼淚，有的比較含蓄灑哽咽。

製作人：灑哽咽？

紀蔚然：就是要哭不哭，要掉淚不掉淚的，像（示範）「我走了。」

製作人：喔，灑哽咽。

紀蔚然：像我個人就特愛灑髒話。

製作人：這我聽說了。

紀蔚然：但是我們搞劇場的不管灑什麼都是要有道理的，不能為灑而灑。

製作人：電視劇就是要為灑而灑。

紀蔚然：可是你們當初找我來的原因，不就是為了搞一齣不一樣的六

點半檔的台語連續劇嗎？不就是爲了提昇台灣電視劇品質嗎？你剛才跟我講了一個故事，我也要跟你分享一個故事。

製作人：我們在討論劇本，不是在說故事比賽。

紀蔚然：這個故事對我很重要，它會解釋我想寫電視劇本的眞正原因不是爲了錢，而是爲了理想。話說——

製作人：我靠，你一講「話說」，直覺就告訴我這個故事不短。

紀蔚然：請不要打岔。我從1991年回國教書——直到現在，十四年內換了三個學校。爲什麼？都是電視害的。我本來在政大教得好好的，沒有理由換學校。不料有一天，我走進學校的自助餐廳裡，我才剛要拿菜就覺得氣氛怪怪的。所有在裡面吃飯的學生沒有人講話，沒有人在嚼東西，每個人都好像僵住似了，夾菜的手停在半空中，嘴巴像白痴似的微微張開。我以爲發生了什麼嚴重的事，仔細一看才知道每個人的眼睛都盯著電視螢幕。那時是中午，正在演台語劇。場景是一家醫院。螢幕上的男演員哀痛欲絕，邊哭邊打著醫院的牆面，還一邊說著台詞：「我不要活了！我不要活了！」因爲是中午檔的台語劇，預算很低，男演員打著牆面的時候，那堵牆也跟著一起搖搖晃晃的，加上他的肢體動作和灑狗血的語言，眞是劇力萬鈞，連我也受到感動，眼角的淚水漸漸集合成珠。就在我吝嗇的眼淚快要爲電視劇流下來的時候，突然跑來男主角的媽媽。她問兒子：「醫生安怎講！」男演員用最

悲慘的哭調回答：「媽！我不要活了！醫生講阿淑不能生啦！」看到這裡，我本來要流下的淚珠頓時被內心的怒火蒸發了，我的反應是：「媽的，這是什麼年代了，太太不能生需要哭得要死要活嗎？」我也不知道爲什麼，突然大吼一聲：「你隨你去死吧！」我這麼一吼，所有的學生都回神，轉過頭來用最惡毒的眼神看著我。先是一個學生發難，用食物丟我，漸漸有人跟進，到最後全部的學生像暴民一樣用食物砸我，我差一點就被自助餐廳的食物淹死。之後，沒有人願意修我的課，走在校園也被學生指指點點，第二學期我就逃到師大避難了。

製作人：到了師大呢？

紀蔚然：剛開始一切無事，直到有一天我又誤闖學校的自助餐廳，歷史再度重演，我再度被學生丟食物，後來我就逃到台大了。

製作人：現在還好吧？

紀蔚然：我謹守一個原則，不到學校的自助餐廳吃飯，不到有電視的餐廳吃飯。總之，我自己帶便當，躲在辦公室吃飯。所以，到目前爲止，還沒被食物攻擊過。

製作人：你講這個故事的道德意義是⋯⋯

紀蔚然：就是我立志要寫一齣讓人看了不會想罵三字經的連續劇。

製作人：太好了！就從我們合作的《草地臭頭醫生》開始啊！

紀蔚然：可是我覺得已經灑得夠了，你們還是嫌我的劇本不夠灑，我

不知從何改起。

製作人：很簡單，以你這麼聰明的戲劇教授，我一點你就通。

紀蔚然：眞的？

製作人：就拿這一場來說吧。（翻開劇本）你不是讓主角因爲醫死病人，在庭院懺悔嗎？

紀蔚然：對。

製作人：要懺悔在庭院怎麼會有力量呢？

紀蔚然：不然要在哪裡？

製作人：當然是荒郊野外。

紀蔚然：我懂了！最好旁邊加棵枯樹。

製作人：然後呢？

紀蔚然：還有然後啊？

製作人：要灑就灑到底，all the way，才對得起狗血祖師爺。

紀蔚然：然後……然後……突然雷電交加！

製作人：再來呢？

紀蔚然：我有了！

製作人：寫作好比生小孩，你果然有了！

紀蔚然：雷電交加，大雨滂沱。（自己做音效）啪拉啪拉的。突然，一道閃電把枯樹劈成兩半！

製作人：錯！

紀蔚然：啊？

製作人：一道閃電正中醫生的頭頂，醫生不但沒死，反而被電光打通
任督二脈，從此變成內力高強的神醫！

紀蔚然：太棒了！這剛好可以解釋他為什麼臭頭。

製作人：這才就叫做──

兩　人：灑狗血！

　　　　兩人興奮地互擁。

紀蔚然：陳製作！

製作人：叫我小倩。

紀蔚然：叫我蔚然。

　　　　含情脈脈，兩人接吻。

場六　不提也罷

　　　　兩人化為原來的身分。
　　　　小歪與阿浩分別從兩方捧來一些劇本，放在桌上。

小　歪：你找到幾本？

阿　浩：五本。

小　歪：我找到六本。

阿浩：我們找劇本要幹嘛？

小歪：我們劇團如果要重整旗鼓，就是需要劇本。待會——

阿浩：我差點忘了問我最關心的問題。台北變成廢墟以後，那些劇團
　　　呢？

小歪：每一團的遭遇不同。

阿浩：怎麼說？比如說表演工作坊呢？

小歪：他們流放到香港了。

阿浩：Wow！那屏風表演班呢？

小歪：收攤了。

阿浩：不演啦？

小歪：退出江湖了。

阿浩：就這樣解散啦？

小歪：解散倒是沒有，只是不再演戲了。

阿浩：那他們在幹什麼？

小歪：聽說在羅東開了一家公司。

阿浩：公司？

小歪：搞屏風加工出口貿易。

阿浩：天啊？還有什麼劇團，我想想。綠光呢？

小歪：在綠島。

阿浩：果陀呢？

小歪：還在等待果陀。

阿浩：那些小劇團呢？

小歪：小劇團是踩不死的蟑螂。台北掛了以後，他們先作鳥獸散，流
　　　竄到南部後又集結起來。這就是我要跟你講的——

阿浩：我有沒有漏掉什麼劇團？

小歪：大概全部都cover了吧。

阿浩：好像有漏掉一個。

小歪：哪一個？

阿浩：對了，就是那個那個，糟糕我名字一時想不起來，就是那個不
　　　大不小、半藝術半商業、要死不活、名字很難記的——

小歪：什麼啊？

阿浩：就是那個從沒到南部巡迴、只能在台北市內演出，不要說濁水
　　　溪以南過不去，連淡水河都跨不出去的——

小歪：喔，你說那個創作社劇團喔。

阿浩：對，終於想起來了。創作社劇團。

小歪：唉！創作社的下場最慘！唉！

阿浩：怎麼啦？

小歪：事發的那一天，創作社正在開團務會議，才開到一半就吵了起
　　　來。吵到一半聽說台北內亂了、兩邊打起來了，創作社自己內
　　　部也打起來了。

阿浩：結果呢？

小歪：唉，不提也罷。

阿浩：那就不提吧。

小歪：其實最衰的是高雄的南風劇團。

阿浩：怎麼可能？他們遠在高雄——

小歪：你真的都忘了，忘了南風劇團在國家劇院盛大公演新戲《特洛伊女人》。本來是一件很風光的事，連媒體也紛紛報導說這是「邊陲打進中央」的壯舉。沒想到首演那天就遇上「迸的一聲」，搞得他們人仰馬翻，好不容易才逃出台北市，又在台北縣被查哨的攔住，差一點回不了家。

阿浩：等一下，等一下，你說查哨？

小歪：現在台北四周都圍有柵欄，每個據點都有崗哨。

阿浩：為什麼這樣？

小歪：台北現在是個大監獄，只要是作奸犯科的他們就往這裡送。

阿浩：那像我們這種無辜的老百姓呢？

小歪：也不一定出得了城。他們要檢查我們有沒有受到輻射層和病源的汙染，除此之外，這是重點：你要有一技之長才能得到通行證。

阿浩：我們只會搞劇場，什麼都不會，哪有一技之長？

小歪：還好，他們特設了Audition崗哨！

阿浩：哇，這個新政府還真懂得珍惜文化。

小歪：不是，經過事變之後，藝人死了至少三分之二，比立委還慘。所以現在國家極缺藝人。

阿　浩：我們不算是藝人吧？

小　歪：所以我們要在找到的劇本裡面，選出一些可以演的片段，排
　　　　練一下，準備好了就去Audition岡哨碰碰運氣。

阿　浩：冒充藝人就要選一些沒大腦的劇本。問題是，我們怎麼可能
　　　　會演過沒有大腦的戲呢？

小　歪：只要修改一下，悲劇會變成喜劇，喜劇會變成鬧劇。

阿　浩：說得也是，那就趕快找吧，品味越低的越好。

　　　　兩人開始翻劇本。

G段&場七　迸的一聲

　　　　桌上堆滿了劇本。

　　　　小歪與阿浩各坐在置於桌子兩側的椅子上，背對背。兩人分別飾
　　　　演客服員和顧客，講話時作打電話狀。

客服員：喂，台灣電訊你好。

顧　客：喂，我要開機啦。

客服員：開機是嗎？您的大名叫什麼？

顧　客：我姓鑽「俗」的「俗」。

客服員：中暑的暑？

顧　　客：俗頭的俗。

客服員：薯頭的薯？怎麼寫呢？右邊怎麼寫呢？左邊怎麼寫呢？

顧　　客：俗頭的俗。

客服員：是暑假的暑嗎？

顧　　客：那個大……在道路旁邊的俗頭的俗嘛。

客服員：薯頭的薯嗎？您不會寫嗎，先生？

顧　　客：講台語聽不懂嗎？有個口……一橫，一撇，再一個口。

客服員：一個口，再一橫一撇，再一個口；這個讀薯嗎？

顧　　客：俗頭的俗。

客服員：請問先生您身邊有朋友嗎？……老闆在嗎？

顧　　客：我就是老闆。

　　　以下兩人恢復原來的身分。

小　　歪：我演不下去了。

阿　　浩：怎麼啦？

小　　歪：這個橋段太曖昧了。

阿　　浩：曖昧在哪？

小　　歪：它到底在開誰的玩笑？如果是拿台灣國語開玩笑，那我們這
　　　　　個去崗哨去au戲，不是找死嗎？如果真正取笑的對象是那個
　　　　　機車的客服人員，那這種鳥蛋有什麼值得笑的？

阿　　浩：那現在怎麼辦？

小歪：我也不曉得。我們剛才從記者的橋段排戲，一直排到《臥虎藏龍》、包青天，還排了一些取笑電視劇的片段，好像都找不到適合的橋段。

阿浩：那怎麼辦？

小歪：還是要想辦法，總不能一直被困在台北吧。

阿浩：我看還是不要改編以前的劇本，我們自己即興，或者是我自己來編一個橋段。問題是我明明記憶已經恢復了，可是腦袋還是昏昏沉沉的，我怎麼編劇呢？

小歪：其實，你的記憶還沒完全恢復。

阿浩：喔？

小歪：你是恢復了大半，但是中間漏掉了一段很重要的情節。

阿浩：你剛才為什麼不說？

小歪：我本來以為我講了其他，你自然會記起那一段。

阿浩：那你現在講啊。

小歪：我有點怕想到那件事。

阿浩：為什麼？

小歪：我最大的恐懼是一個可能性。

阿浩：什麼可能性？

小歪：可能「迸的一聲」是我們兩個造成的。

阿浩：怎麼可能？

小歪：你還記得蝴蝶效應吧？

阿浩：記得。跟混沌理論有關。假如這方有很多蝴蝶在振翅飛翔，牠們在空中的鼓動，很可能在很遠的另一方引起海嘯。

小歪：對。

阿浩：你是說在「迸的一聲」、造成台北內亂之前，我們劇團裡發生了什麼事嗎？

小歪：沒錯。

阿浩：我不懂。我們這裡可能發生什麼事，嚴重到足夠引起蝴蝶效應？

　　頓

小歪：你記不記得你做愛有點變態？

阿浩：啊？

小歪：也不算變態，是有點怪僻。

阿浩：我不太記得。

小歪：這就是問題的癥結了。你連你最親密的隱私都忘了，怎麼會有mojo創作呢。

阿浩：我現在是完全感覺不到體內有任何的mojo。

小歪：為了讓你找回mojo，我只好再犧牲一次。

阿浩：犧牲什麼？

小歪：「迸」那一天，我們兩個正好在這裡排戲。我們剛排完了一段，休息五分鐘。我們就開始閒聊。我聊到演戲帶給我的亢

奮，你聊到你這幾年創作上的瓶頸。我越聊越開心，你越聊越
沮喪。後來，我看到你眼眶濕濕的，我才意識到你的痛苦，所
以就坐到你身旁安慰你，像現在這樣。

　　小歪走到阿浩那，摸著他的肩膀。

小歪：不要難過，我說。

　　阿浩很快就入戲，也轉身要抱小歪。

小歪：（把他轉回去）沒這麼快。我一安慰你，你就整個人放鬆似的
　　　哭了出來。哭啊！
阿浩：啊？
小歪：你要照我說的做，不然怎麼恢復記憶。
阿浩：喔。

　　阿浩用勁入戲，幾秒後便真的哭了。

小歪：我看你哭得一副明天過後的樣子，就把你轉過來抱住。你也很
　　　自然的抱住我。抱啊！
阿浩：好，抱，抱。
小歪：你告訴我，你的疲憊來自於個人的倦怠，我說我懂；你還說疲
　　　憊也來自對社會的無奈，我說我懂；你更說這個社會在自我耗
　　　損，也在耗損每個人美好的一面，我說我懂。就這樣在「你說

我懂」、「你說我懂」的節奏下，我們倆很自然的上演了一段好
萊塢的親吻戲。

小歪親吻阿浩，後者回吻。以下兩人邊吻邊說。

阿浩：我大概記得了。

小歪：記得了吧。

阿浩：記得了。

小歪：記得就好。

阿浩：可是我還是不懂你為什麼說我有點變態。

小歪：我是說怪僻。

阿浩：我還是記不起來。

小歪：那我們只好繼續回憶下去。

阿浩：拜託，繼續下去。

小歪：突然，兩人情欲都被挑起。你用力一揮，把桌上的劇本掃到地
上。照做啊！

阿浩：對。

阿浩用手把桌上的劇本全部掃到地面。以下兩人說到哪做到哪。

阿浩：然後呢？

小歪：你把我壓在桌面上。

阿浩：對！我把你壓在桌面上。

小歪：你拚死命地親我。

阿浩：你也拚死命地親我。

小歪：你記起來了。

阿浩：我記起來了！我現在知道我變態在哪裡了。

小歪：對，那就是你的mojo。

阿浩：對，是我的mojo，也是我的cho-cho。

小歪：我當時受不了了。

阿浩：我也受不了了。

小歪：我叫你。阿浩！

阿浩：小歪！

小歪：進來吧！

阿浩：我要進去了了喔！嘟嘟！火車要進隧道咯！

小歪：隧道要沒收火車咯！

兩人：嘟嘟！嘟嘟！

　　兩人氣喘如牛。阿浩的腰部做衝刺的動作。

　　音效傳來「迸」的巨響。

　　燈光乍暗。

　　同時，狂亂的音樂起。

全　劇　終

文 學 叢 書 070

嬉戲

作　　者	紀蔚然
總 編 輯	初安民
責任編輯	施淑清
美術編輯	許秋山
校　　對	施淑清　紀蔚然

發 行 人	張書銘
出　　版	INK印刻出版有限公司
	台北縣中和市中正路800號13樓之3
	電話：02-22281626
	傳真：02-22281598
	e-mail:ink.book@msa.hinet.net
法律顧問	漢全國際法律事務所
	林春金律師

總 經 銷	成陽出版股份有限公司
	訂購電話：03-3589000
	訂購傳真：03-3581688
	http://www.sudu.cc
郵政劃撥	19000691 成陽出版股份有限公司
印　　刷	海王印刷事業股份有限公司

出版日期	2004年11月 初版

ISBN 986-7420-31-4

定價　200元

Copyright © 2004 by Wei-jan Chi
Published by INK Publishing Co., Ltd.
All Rights Reserved
Printed in Taiwan

國家圖書館出版品預行編目資料

嬉戲／紀蔚然 著.-- 初版，
　　-- 臺北縣中和市：INK印刻，
2004〔民93〕面；　公分（文學叢書；70）

ISBN　986-7420-31-4（平裝）

855　　　　　　　93019551